Das Kollier der sieben Blutmonde

»What immortal hand or eye,
could frame thy fearful symmetry?«
- Aus: The Tyger von William Blake

Gewidmet meinem Großvater.

Das Kollier der sieben Blutmonde

Kevin Neuwirth

Bibliografische Information der Deutschen Nationalbibliothek:
Die Deutsche Nationalbibliothek verzeichnet diese Publikation in der Deutschen Nationalbibliografie; detaillierte bibliografische Daten sind im Internet über http://dnb.dnb.de abrufbar.

»Die Story gefällt uns! – aber könnten Sie 400 Seiten daraus machen?«
Ohne Verlag keine Werbung. Ohne Werbung keine Käufer. Ohne Käufer keine Leser. Ohne Leser keine Geschichte. Sie, mein Bester, durchbrechen mit Kauf dieses Erstlings diesen unsäglichen Teufelskreis und bestimmen den Fortgang dieser Serie. Ich danke Ihnen vollsten Herzens dafür.

© *2017* Kevin Neuwirth
Umschlagmotiv: © *designed by Freepik*
Lektorat: Melanie Eisenberg
weitere Mitwirkende: Nathan Rowley

Herstellung und Verlag: BoD – Books on Demand, Norderstedt

*ISBN: 978-3-**7431-9382-6**

Kapitel 1

Es war ein sonniger Dienstagabend, der viel schöner nicht hätte sein können. Foster und ich saßen, wie üblich an einem Tag wie diesem, gemütlich auf der Veranda des kleinen Einfamilienhauses in der Londoner Vorstadt nahe des Finsbury Parks und genossen die kühle Brise, die den Tee auf dem Glastisch vor uns rasant auf trinkbare Temperaturen herunterkühlte. Die sanften Strahlen der Abendsonne bahnten sich ihren Weg durch die hochgewachsenen Büsche, die die Terrasse stilvoll umrahmten. Der Geruch des schwarzen Tees vermischte sich mit dem herrlichen Duft frischen Kirschkuchens, den wohl einer der Nachbarn gerade gebacken und nun zum Abkühlen auf eines der Fensterbretter gestellt hatte. Foster lebte allein hier, seitdem seine Ehefrau Anna vor zwei Jahren bei einem Straßenraub ums Leben gekommen war. Obwohl Foster während seiner Ermittlungen schon immer recht verbissen war, änderte dieser Vorfall alles. Seine Vorgehensweise wurde radikaler, sein Verhalten oft bedenklich rücksichtslos. Wer Foster kannte, wusste genau, dass er im Grunde ein umgänglicher Mensch war, der keiner Fliege einen Flügel krümmen konnte, seine Art hatte ihm in der Vergangenheit jedoch bereits erhebliche Missgunst seitens seiner Vorgesetzten eingebracht. Seit er das New Scotland Yard wegen eines unschönen Vorfalls während eines Einsatzes im Londoner Bankenviertel verlassen musste, half er mir bei der Aufklärung meiner, und ich sage das nicht ohne ein gewisses Maß an Stolz, nicht gerade minder interessanten Fälle. Und so kam es, dass er trotz seiner Entlassung vor wenigen Monaten nun doch immer wieder mit seinen ehemaligen Kollegen vom Yard zu tun hatte. Da wir beide uns bisher, und erneut muss ich zugeben, nicht ganz frei von Stolz zu berichten, überaus erfolgreich in der Aufklärung allerhand mysteriöser Begebenheiten angestellt hatten, waren unsere Detektei und wir inzwischen auch über Londons Grenzen hinweg bekannt. So kam es, dass uns unsere Fälle schon oft an die entlegensten Orte dieser Welt geführt hatten, auch, wenn wir uns hin und wieder auch mit vermeintlich gewöhnlichen Fällen beschäftigten.

Die schwarze Limousine, die auf dem schmalen Gehweg vor Fosters Haus hielt, versprach eines dieser auf den ersten Blick gewöhnlichen Rätsel zu verbergen. Eine Dame fortgeschrittenen Alters stieg auf der Beifahrerseite aus und kam langsamen Schrittes auf uns zu. Sie humpelte ein wenig und ihr Gesicht offenbarte die Verzweiflung, die sie durch eine gehörige Menge Make-Up zu verstecken versucht hatte. Foster sprang auf, um ihr auf die Veranda zu helfen. Sie nahm dankend an und ließ sich bis zu einem der vier Flechtstühle führen, auf den sie sich sichtlich erschöpft fallen ließ. Ich unternahm den Versuch, mich vorzustellen. Mit einer schwachen Handbewegung würgte sie mich ab: »Aber aber, Mr Stucky. Sie sind schließlich eine überregionale Berühmtheit.«, sagte sie, müde schmunzelnd. Sie holte tief Luft und fuhr dann fort: »Meine Herren, wie sie sehen, bin ich nichts weiter mehr, als ein Häuflein Elend. Gezeichnet von den Ereignissen der letzten Nacht und der Sorge um meinen Mann.« - »Ereignisse, Madame?«, sagte Foster fragend, während er die Frau musterte, die ein rosafarbenes Taschentuch aus ihrer Handtasche zog. »Wie dumm von mir. Sie wissen ja gar nicht, was… was…« Tränen rannen ihr Gesicht hinunter. »Sammeln sie sich erst einmal. Wie ist ihr Name, wenn ich fragen darf?« - »Reeves. Maddison Reeves.« - »Reeves wie in *Jewellery Reeves*? Das große Juweliergeschäft in London?« - »Richtig. Mir wurde das Unternehmen vor drei Jahrzehnten von meinen Eltern überschrieben. Seitdem führe ich es mit Freude – und Erfolg! Doch was letzte Woche passiert ist… Ich weiß einfach nicht mehr, wo mir der Kopf steht.« Ich versuchte, mir die Nachrichten der letzten Wochen ins Gedächtnis zu rufen. Dunkel erinnerte ich mich daran, vor wenigen Tagen bezüglich des Juweliergeschäfts gelesen zu haben…

Foster kam mir zuvor: »Wurde ihr Geschäft nicht von zwei maskierten Räubern überfallen? Ich erinnere mich daran, etwas davon in der London Post gelesen zu haben.« Sie nickte zögerlich. Dann sagte sie: »Was aber nicht in den Zeitungen stand, sind die seltsamen Umstände des Überfalls. Die beiden Räuber wussten nämlich genau, was sie wollten: Das *Kollier der sieben Blutmonde*. Es ist nicht einmal ansatzweise mein wertvollstes Stück und schon gar keinen Überfall wert! Zudem verwahrte ich das Halsband lediglich für eine langjährige Kundin, die es den Banken nicht anvertrauen wollte. Deshalb wusste auch niemand außer mir wo genau ich es gelagert hatte.« - »Aber die Diebe wussten es?«, warf ich erstaunt ein, obwohl ich meinte, die Antwort schon zu kennen. »Ja, ganz genau sogar! Ich hatte sie in einem Geheimfach innerhalb meines Tresors verwahrt, das ich für besonders wertvolle Stücke einbauen ließ. Ich weiß nicht, wie sie davon erfahren haben konnten. Zumal, wie bereits erwähnt, das Halsband lediglich ideellen Wert hat.« Ich hakte nach: »Was wissen sie über das Halsband? Ich meine vor allem den Namen. Nicht viele Schmuckstücke minderen Wertes haben einen solch klangvollen Namen, nicht wahr?« - »Das stimmt natürlich. Ich weiß nicht allzu viel darüber, nur so viel: Meine Kundin lebte vor einiger Zeit in Indien. Dort war sie mit einem reichen Regierungsmann verheiratet, der die Schätze des Maharadscha verwaltete. Er wurde während der Aufstände um die Unabhängigkeit Indiens getötet, woraufhin sie sich auf den Rückweg nach England machte, um der Wut der Aufständischen zu entgehen. Mit sich brachte sie einzig und allein dieses Halsband.« Interessant. Möglicherweise war das Halsband Teil des Staatsschatzes Indiens und war nun im Auftrag der Regierung zurückgestohlen worden? Ich beschloss, diesen Gedanken fürs Erste für mich zu behalten und Foster erst später mitzuteilen, was ich vermutete, um die arme Dame im Augenblick nicht zu überfordern. Foster bat Ms. Reeves einen Tee an, den sie dankend ablehnte. Sie sei noch zu aufgewühlt, um einen guten Tee angemessen genießen zu können, sagte sie. Dann fuhr sie mit ihrer Erzählung fort: »Mein Gatte, der eine kleine Schuhfabrik außerhalb Londons besitzt, kam leider gerade zur Tür herein, als die beiden Schurken die Kette in Besitz genommen hatten und die Flucht antreten wollten. Ein Schuss fiel, die beiden flohen. Meinen Mann ließen sie blutend zurück. Zum Glück trafen die Sanitäter kurz darauf ein und konnten ihn stabilisieren. Bis gestern lag er im Hospital und befand sich außer Lebensgefahr.« Sie begann bitterlich zu weinen. »Ich verstehe nicht ganz, Madame. Wenn ihr Mann stabil und außer Lebensgefahr ist, gibt es doch keinen Grund zur Verzweiflung?«, fragte Foster. Sie schaute auf und, nachdem sie in das Taschentuch geschnäuzt hatte, entgegnete ihm, die Tränen unterdrückend: »Heute Nacht erhielt ich die Nachricht, dass mein Mann verschwunden sei. Seine Kleidung, seine Ausweispapiere, einfach alles, hätte er im

Krankenhaus zurückgelassen. Mein armer, treuer Dylan. Niemals hätte er es in seinem Zustand geschafft, einfach aufzustehen und auch noch ungesehen sein Zimmer zu verlassen!« Sie verfiel wieder in zitterndes Schluchzen und wischte sich ab und an die Tränen am Ärmel ihres marineblauen Blazers ab. Warum sollten Räuber, die bereits haben, was sie wollten, einen Mann entführen, den sie im Verlauf des Überfalls angeschossen hatten? Wozu das Risiko, ihn aus dem Krankenhaus zu schaffen? Wenn man Zeugen beseitigen wollte, hätte man dies auch deutlich komfortabler erledigen können. Ich wurde das Gefühl nicht los, das eben jene Entführung eine maßgebliche Rolle in der späteren Ermittlung dieses Falles spielen würde. Weder Foster noch ich hatten bemerkt, dass nun ein Mann im schwarzen Anzug auf dem mit Pflastersteinen ausgelegten Weg stand und Mrs Reeves einen besorgten Blick zuwarf. »Mein Chauffeur, Finlay Barlow. Der Einzige, der mir in diesen Zeiten beiseite steht.« Foster gab dem uniformierten Fahrer die Hand, ich nickte ihm nachdenklich zu. Ich erkundigte mich, wie denn die betroffene Kundin auf die Nachricht reagiert hatte. »Sie war völlig am Boden zerstört. Ich konnte nicht mehr tun, als ihr zu versichern, dass die Versicherung aufkommen würde - was allerdings nicht besonders zweckdienlich sein wird, da der Wert des Schmuckstücks, wie bereits erwähnt, eher gering war.« - »Macht sie ihnen Vorwürfe?« - »Nein. Sie weiß von der

Entführung und hat mir ihre Unterstützung bei der Suche nach meinem Mann zugesagt. Apropos…« Gezwungen gesammelt sah sie mir in bittend in die Augen. »Mrs Reeves, es wäre mir eine Freude, ihnen zu helfen.« - »Bezüglich des Honorars-« - »Madame, ich bitte sie. Wir arbeiten in Fällen wie diesem selbstverständlich unentgeltlich!« Ein dankbares Lächeln umspielte ihre von Tränen genässten Lippen und mit einem leisen *Dankeschön* zwang sie sich aus dem Korbstuhl und machte sich, den Fahrer im Schlepptau, auf den Weg zu ihrem Wagen.

»Was halten sie von der Geschichte, Foster?« - »Ganz ehrlich? Ich denke, dass diese Sache eine Nummer zu groß ist, um sie zu zweit anzugehen. Außerdem ermittelt doch derzeit auch das Yard. Die werden nicht gerade erfreut sein, wenn wir ungefragt Staub aufwirbeln.« - »Sie belieben zu scherzen, mein Bester. Wir beide wissen doch ganz genau, wie die Polizei vorgehen wird. Sie suchen eine Weile, stellen dann fest, dass sie unter Umständen über Staatsgrenzen hinweg arbeiten müssten und lassen die Sache dann galant unter den Tisch fallen. Mrs Reeves wird einen Bescheid für die Versicherung erhalten und dann wird die Sache langsam aber sicher an Bedeutung verlieren.«, warf ich ein. Foster sah mich verzweifelt an. Es war ihm noch nie geheuer gewesen, Begebenheiten dieses Kalibers anzugehen. Trotzdem habe ich ihn bis jetzt immer dazu überreden können, zumindest ein wenig herumzustochern. Sobald er auf einen Hinweis stieß, war er ohnehin nicht mehr zu zügeln. »Wo geht's als Erstes hin?«, antwortete er.

Kapitel 2

»Ms Eleanor Wallace, Bedford Avenue 71. Soweit richtig?« - »Ja. Das müsste das Backsteingebäude an der Ecke Adline Place sein, wenn ich mich nicht täusche.« Wir zwängten uns zwischen zahlreichen Tischen und Stühlen hindurch, die vor einigen Geschäften wegen der erwarteten Regenschauer bereits eingeklappt worden waren. Von allen Seiten her überholte uns der Geruch frisch gebrühten Kaffees, der in die Cafés am Straßenrand einlud. Der erste Tropfen warmen Regens traf meinen Arm, während wir vor dem Reihenhaus mit der Backsteinfassade stehen blieben, um uns umzusehen. Es hatte zwischenzeitlich begonnen, wie aus Kübeln zu regnen. »Da, auf einer der Klingeln steht *Wallace*.«, rief mir Foster zu, da ich ein wenig zurückgefallen war. Der Regen wurde einem von leichtem Wind ins Gesicht geweht. »Dann lassen sie uns nachsehen, ob sie zu Hause ist!«, antwortete ich und Foster klingelte. Das Wetter war unheimlich schnell umgeschlagen, weshalb ich mich mit mittlerweile durchnässtem Mantel unter dem kleinen Dach über der Haustüre unterstellte und zusammen mit Foster darauf wartete, dass man uns eben jene Tür öffnen würde. Eine in einen seltsamen Seidenmantel gehüllte, alte Dame steckte ihren Kopf durch die nur leicht geöffnete Tür hinaus und sah uns fragend an: »Wie kann ich ihnen behilflich sein, Gentlemen?« - »Ms Wallace? Wir sind wegen ihres vor wenigen Tagen entwendeten Kolliers hier!«, antwortete Foster ihr, gegen den pfeifenden Wind anbrüllend. Erfreut öffnete sie die Tür nun gänzlich. »Sie haben es bereits gefunden? Ihre Kollegen sagten mir, dass die Aufklärung einige Wochen, vielleicht sogar Monate dauern könnte, und die Chancen, dass man es überhaupt wieder auftreiben könne, entschieden schlecht stünden.« Ich unterbrach sie, was sie in ihrer Freude kaum zu stören schien: »Ms Wallace, mein Name ist Edmund Stucky. Ich bin Privatdetektiv, wie sie vielleicht bereits wissen, und wurde von ihrer Juwelierin Mrs Reeves beauftragt, den Überfall, in dessen Verlauf ihr *Kollier der sieben Blutmonde* abhandengekommen ist, zu untersuchen. Mein Kollege hier ist George Foster, ehemaliger Mitarbeiter des New Scotland Yard und seit einiger Zeit mein fähiger Begleiter und Kollege.« Ihr schon zuvor sehr freudiger Gesichtsausdruck war während meines Quasi-Monologs zu einem Ausdruck heller Freude geworden. Freudestrahlend rief sie: »*DER* Edmund Stucky?« Das peinlich berührte Lächeln hatte mich wohl verraten. »Dass ich das erleben darf! Man liest ja so viel von ihren Erfolgen und vergisst dabei ganz, dass sie als Bürger Londons doch so nah sind…«, fuhr sie fort. Ich wiegelte ihre Lobeshymne etwas verlegen ab und versuchte, das Gespräch wieder auf unser Anliegen zurückzuführen:

»Ms Wallace, weshalb wir eigentlich hier sind… Wir hätten einige Fragen bezüglich des geraubten Kolliers.« - »Wenn ich helfen kann, gerne! Kommen sie doch herein, das Wetter ist ja schrecklich.« Dieses Angebot nahmen wir gerne an. Eine schmale Treppe führte hinauf in ein ordentliches Apartment, welches unverkennbar das einer kulturell interessierten Frau war. Ein großer Wandteppich schmückte das Esszimmer, in dem außer einigen indischen Skulpturen nichts Anderes stand, als ein kleiner Radioempfänger. Sie bot uns Kaffee an, welchen wir dankend ablehnten, um die Sache nicht unnötig in die Länge zu ziehen. Da Foster deutlich erfahrener in der Befragung Beteiligter war, überließ ich ihm das Wort. Zunächst bat er um ein Lichtbild des Schmuckstücks - ihm war natürlich klar, dass für eine Versicherung immer eine detaillierte Photographie vonnöten war. Die etwas klein geratene Frau verschwand kurz und kam mit einem Schwarz-Weiß-Abzug in den Händen zurück, auf dem eine durchaus ansehnliche Kette abgebildet war, deren Kettenglieder kunstvoll ineinander verschlungen und von insgesamt sieben kugelförmigen, in einen Rahmen aus glänzendem Material gefassten Steinen unterbrochen wurden. »Um welches Material handelt es sich hierbei?« Ich zeigte auf die Steine. Stolz erklärte sie: »Rubine, jewils vier Karat. Die Kettenglieder wurden vom besten Goldschmied Hyderabads aus hochkarätigem Weißgold gefertigt, ebenso die Umrahmungen um die Steine herum. Jeder der sieben Edelsteine steht für eine Schlacht, die unter dem Großvater meines Mannes, dem großen Sayapendra Singwad, siegreich geschlagen wurde.« - »Ich verstehe. Das Stück hat also historische Relevanz für das indische Volk?« Sie schien kurz zu überlegen und sagte dann: »Tatsächlich war es nicht gerade einfach, das Kunstwerk aus Indien zu schaffen, aber da es ein Geschenk meines Mannes war, welcher es wiederum von seinem Vater geerbt hatte, stand und steht es mir damals wie heute rechtmäßig zu. Außerdem denke ich nicht, dass man ein Menschenleben aufs Spiel setzen würde, nur, um eine Kette zu stehlen, deren Materialwert bei nicht einmal zweitausend Pfund liegt.« Foster, der bis eben still auf das Bild gestarrt hatte, warf ein: »Nun, ich bin mir nicht sicher, ob Mr Reeves ›Unfall‹ nicht mehr ein Produkt der Situation war, als kalkulierte Gefahr. Mrs Reeves erwähnte uns gegenüber, dass ihr Mann sie nur selten in ihrem Juweliergeschäft aufsuchte. Nehmen wir einmal an, die Täter haben die Tat über einen größeren Zeitraum geplant, was angesichts des Verlaufs sehr wahrscheinlich ist, dann haben sie sicherlich auch eine Zeit lang das Geschäft beobachtet, um festzustellen, wer wann ein und aus geht. Wenn sie nun davon ausgehen mussten, dass zur Mittagszeit der geringste Kundenverkehr zu erwarten war, könnte der Schuss auf Mr Reeves eine reine Instinkthandlung gewesen sein. Ich will damit keinesfalls sagen, dass die Tat dadurch weniger verachtenswert wird, jedoch würde diese Erkenntnis unseren Ermittlungsansatz grundlegend ändern.« - »Foster, sie verfallen wieder in einen ihrer langwierigen Monologe. Ich gebe ihnen durchaus recht, was diese Sache anbelangt. Jedoch gehe ich wohl recht in der Annahme, dass wir uns im Augenblick auf die Betrachtung des Offensichtlichen beschränken sollten, um dem Fall keine unnötige Kompliziertheit beizumengen.« Ein wenig verärgert sah er mich an und fuhr dann fort: »Pardon. Um auf meine Frage zurückzukommen: Sie halten das Kollier also nicht für wertvoll genug, um einen Raub dieser Größenordnung in Betracht zu ziehen?« Entschieden antwortete sie: »Nein, keinesfalls.« Da Foster augenscheinlich mit der Anfertigung von Notizen beschäftigt war, nutze ich die entstandene Pause, um mich nach möglichen Verdächtigen zu erkundigen. Nachdem sie einige Zeit überlegt hatte, begann sie, aus dem Fenster zu starren und leise »Nein, das würde er nicht wagen.« zu murmeln. »Madame? Wer würde *was* nicht wagen?«, fragte ich erstaunt. Sie schreckte aus ihrer Trance auf und antwortete, augenscheinlich peinlich berührt ob ihres kurzzeitigen Ausfalls: »Nichts… Ich denke nur darüber nach, ob mein Schwager… Aber nein, das würde er nicht, niemals sogar…« Nachdenklich sah ich zu Foster hinüber, der in der rechten Hand noch immer seinen Stift hielt, jedoch mitten in der Schreibbewegung innegehalten hatte. »Ich denke, wir haben unseren Verdächtigen gefunden.«, flüsterte ich, mehr an mich selbst gerichtet. Ich ließ der alten Dame ein wenig Zeit, um sich zu beruhigen, und beschloss dann, den Versuch zu wagen, nach dem mutmaßlichen Motiv des Schwagers zu fragen. Offensichtlich erschrocken über ihre eigenen Gedanken oder die Tatsache, dass sie ihrem Verwandten die Planung einer derart grausamen Tat zutraute, stotterte sie: »E… Er hat über die letzten Monate mehrmals versucht, d… das Kollier zu kaufen. Es… sei ihm viel wert, meinte er. Dass es ihn an seinen Bruder erinnere. Aber… es ist das Einzige, das ich noch von meinem verstorbenen Mann habe. Ich habe immer wieder abgelehnt.« - »Wie reagierte er darauf?«, fragte Foster, sich wieder in die Unterhaltung einklinkend. »Er war ausgesprochen wütend, vor allem während der letzten beiden Gespräche. Vor einigen Wochen begann er, die boshaftesten Bedrohungen auszusprechen. Seitdem haben wir nicht mehr miteinander gesprochen.« - »Dürfte ich erfahren, WAS genau er ihnen anzutun drohte?« - »Es ging weniger um mich als um das Kollier. Er meinte, er würde sich schon holen, was ihm zustehe. Aber unmöglich konnte er von meiner Vorsichtsmaßnahme wissen…« Ich begann, zu verstehen: »Aus diesem Grund brachten sie Mrs Reeves das Stück zur Verwahrung?« - »Ja. Ich wusste, dass nur sie einen geeigneten Aufbewahrungsort gewährleisten konnte. Ich musste davon ausgehen, dass im Falle eines Falles mein Bankschließfach als Erstes durchsucht werden würde – Ein Überfall wäre in der London Bank zwar außerordentlich schwierig und für einen Nichtsnutz wie meinen Schwager so gut wie undurchführbar, jedoch wäre es ein Leichtes für einen Diplomaten, der er nun mal ist, einige Leute in meiner Wohnung nach den Schlüsseln suchen zu lassen.« Verstört fasste sie sich mit beiden Händen an den Kopf. Ich beschloss, den Besuch zu beenden, um die Gesundheit der alten Dame nicht weiter zu gefährden. Foster bot ihr an, sie zu einer Freundin fahren zu lassen, doch sie lehnte dankend ab. Ihr sei es lieber, vorerst allein gelassen zu werden.

Erneut vor der Tür des Backsteingebäudes stehend, planten wir das weitere Vorgehen: »Der indische Schwager scheint doch ein guter Anhaltspunkt zu sein, meinen sie nicht?«, fragte ich Foster. Dieser sah mich mit hochgezogenen Augenbrauen an und antwortete: »Ms Wallace konnte keine Aussage bezüglich seines derzeitigen Aufenthaltsortes treffen. Ein ausländischer Diplomat hinterlässt zwangsweise Spuren bei der Einreise, es dürfte also nicht allzu schwer sein, zu ermitteln, ob er sich derzeit in England befindet. Schwieriger wird es da schon, ihn zu sprechen. Ich denke kaum, dass man uns Einlass in die Botschaft gewähren wird, falls er wirklich etwas damit zu tun hat.« - »Deshalb benötigen wir einen glaubwürdigen Vorwand, mein Bester.« - »In diesem Falle stehen wir nur noch vor einem letzten Problem: Als Diplomat genießt er Immunität. Selbst, wenn er gestehen würde, was ich allerdings bezweifle, könnte also keine britische Gerichtsbarkeit für eine angemessene Bestrafung sorgen.« Ein lauter Knall störte unsere Überlegungen. Eine Schar fetter Stadttauben schrak aufgeregt aus seiner Rast und überflog in ungeordneter Formation unsere Köpfe. Die Gäste der kleinen Trattoria auf der anderen Straßenseite blickten uns mit kreidebleichen Gesichtern an. Eine unangenehme Vorahnung ließ mich an der Türe des Backsteinhauses klingeln. Keine Antwort. Ich klingelte erneut. Nichts. »Foster... Ich denke, wir sollten Field informieren. Schnell.«

Kapitel 3

» Mr Stucky, Mr Foster, keine guten Nachrichten. Da oben deutet alles auf einen schweren Kampf hin. Sämtliche Schubläden wurden, offenbar recht panisch, durchsucht und ihr Inhalt in der gesamten Wohnung verteilt.« Inspector Field sah uns mit traurigen Augen an. »Und… Ms Wallace?«, fragte Foster mit gefasster, dennoch leicht bebender Stimme. »Keine Spur. Nur ein Einschussloch an der Decke. Wenn sie mich fragen, hat der Täter einen Warnschuss abgegeben, der seine Wirkung offensichtlich nicht verfehlt hat. Wir gehen beim jetzigen Stand der Ermittlungen von Entführung, einhergehend mit bewaffnetem Raub und Einbruch aus. Wenn damit soweit alle Fragen beantwortet sind, würde ich gerne mit der Papierarbeit im Yard beginnen, wenn es ihnen recht ist.« - »Natürlich. Danke, Inspector Field.«, sagte Foster niedergeschlagen. Ich ließ es mir zwar nicht anmerken, hatte aber bemerkt, dass die Täter wahrscheinlich gefunden hatten, was sie suchten: Die Akte mit der Photographie des Kolliers war aufgeschlagen und das Photo entnommen worden. Der Rest des Wohnzimmers war in Gänze durchwühlt worden, nur die Schränke in diesem Teil des Raumes waren unangetastet geblieben. Es wirkte fast so, als ob der Täter die Akte erkannt hatte und sich damit natürlich eine Fortführung seiner Tätigkeit erübrigt hatte. Resigniert verließen wir die Wohnung der alten Dame erneut. Nur, dass wir uns diesmal mit einer Situation konfrontiert sahen, die den Verlauf zukünftiger Ermittlungen entscheidend ändern würde.

Ratlos vor der Haustüre des roten Backsteingebäudes stehend, sahen wir den Streifenwagen des New Scotland Yard nach, die sich auf den Weg zurück zum Revier machten. Foster wirkte ein wenig kränklich. »Hätten wir sie nur von hier weggebracht. Ich meine, es war doch offensichtlich, dass die Dame in Gefahr war.« - »Das sehe ich anders, Foster. Vielmehr ist es doch äußerst seltsam, dass genau nach unserem Besuch eben jenes Verbrechen ausgeführt wurde, nicht wahr? Ich denke, dass es sich um eine Warnung handelt und es würde mich kein bisschen wundern, wenn wir schon in wenigen Stunden eine Nachricht der Entführer erhalten würden, welche uns genau dies bescheinigt.« - »In Anbetracht der Lage würde ich vermuten, sie würden sich gerne noch heute mit diesem indischen Diplomaten unterhalten?« - »Ganz recht. Falls wirklich er dahinterstecken sollte, stehen die Chancen, eine gewisse Nervosität zu bemerken, so kurz nach der Tat doch recht gut. Zumal mich der Verdacht beschleicht, dass nicht nur hinter *dieser* Entführung mehr steckt, als der Anschein es zunächst vermuten lässt.« Da wir beide der Meinung waren, der Diplomat sei derzeit unser einziger Anhaltspunkt, machten wir uns per Taxi auf den Weg. Vor der indischen Botschaft angekommen, bezahlte ich den Fahrer und stieg aus. Auch Foster hatte gerade die Tür zugeschlagen und ging auf einen der Wachposten zu. Er unterhielt sich kurz mit ihm und winkte mich dann heran. »Darf ich vorstellen? Kyle North, wir haben vor einigen Jahren in der gleichen Abteilung des Yards gearbeitet.«, sagte er und wandte sich dann wieder ihm zu: »Du scheinst dich gut geschlagen zu haben, wenn ich mir deinen neuen Arbeitsplatz so ansehe. Wie gefällt es dir hier?« Der kräftig gebaute, etwa 1,80 Meter große, schwarze Uniform tragende Mann lächelte: »Der Sold ist hier auf jeden Fall höher als bei dir, George!« Foster begann, lautstark zu lachen: »Das kann ich mir vorstellen, ich arbeite nämlich schon etlichen Monaten nicht mehr für das Yard. Unehrenhafte Entlassung nennt man das wohl.« North sah verdutzt drein: »Wegen des Vorfalls in der London Bank? Ich habe davon gelesen, aber nicht gewusst, dass du deswegen entlassen wurdest.« - »Nun ja, es wurde nicht an die große Glocke gehängt. Offiziell habe ich gekündigt, auf Anraten Turnbulls.« - »Es war nicht deine Schuld, die brauchten nur einen Sündenbock.« - »Ich weiß, danke. Aber wie auch immer, ich habe nun die Ehre, mit Edmund Stucky zusammenzuarbeiten!« Er zeigte auf mich und zog mich am Ärmel ins Sichtfeld des Beamten. Dieser musterte mich einige Sekunden lang und verfiel dann in eine Stimmung heller Freude: »Edmund Stucky, der Meisterdetektiv!« - »So nennen mich zumindest die Medien, …«, lächelte ich gezwungen. Mir lag dieser Rummel um meine Person einfach nicht. Ich fuhr fort: »… sie hingegen können mich einfach Stucky nennen, falls es ihnen recht ist.« Ich reichte ihm die Hand und er erwiderte den Handschlag. Nachdem wir kurz erklärt hatten, warum wir hier waren (wobei wir natürlich nicht erwähnten, dass unser Besuch in der Annahme stattfand, dass der Diplomat einer der Täter war), wurde uns Einlass gewährt.

Vor dem Büro des indischen Edelmannes wurden wir gebeten, einen Moment zu warten, da dieser sich gerade in einem geschäftlichen Gespräch befände. Wir setzten uns auf eine lederne Bank, deren alleiniger Wert vermutlich die Summe unser beider Monatseinkommen weit überstieg. Die Wände waren mit einer edlen Holzvertäfelung verziert, der Boden mit Kirschholz ausgelegt. Ein roter Läufer verlief bis zum Büro des Inders. Die schwere Eichenholztür öffnete sich, zwei Männer in Anzügen traten in den Flur und verbeugten sich in das Büro hinein, drehten sich dann um, um uns zuzunicken und gingen dann schnellen Schrittes in Richtung Lobby ab. »Meine Herren? Mr Singwad hat jetzt Zeit für ihr Anliegen.«, sagte ein bewaffneter Herr, ebenfalls im Anzug, uns per Handzeichen bedeutend, den Raum zu betreten. Ein Mann mittleren Alters, mit hochgestecktem Turban und typisch indischer Kluft, die jedes Klischee erfüllte, saß hinter einem ausladenden Schreibtisch, der sicher als Antiquität anzusehen war. Er stand auf und kam mit neugierigem Gesichtsausdruck auf uns zu: »Mr Edmund Stucky, der große Detektiv! Ich habe schon viel von ihnen gelesen! Und sie müssen George Foster sein, wenn ich mich nicht irre?«, fragte er mit leichtem Akzent. »Da liegen sie absolut richtig, Mr Singwad. Wir sind hier wegen-« - »Ich weiß doch, ich weiß. Man hat meine Schwägerin entführt und noch schlimmer: Das Halsband meines Großvaters gestohlen. Verstehen sie mich nicht falsch, meine Schwägerin liegt mir sehr am Herzen, aber das Kollier der sieben Blutmonde ist ein Teil des indischen Nationalschatzes, der nun womöglich für die Ewigkeit verloren ist! Und wenn ich mir diese Bemerkung erlauben darf, ein solcher Vorfall wäre unter Aufsicht der indischen Schatzkammer nicht passiert!«, fiel er Foster aufgebracht ins Wort. Foster ließ dem Diplomaten einige Sekunden Zeit, sich zu sammeln und fuhr dann fort: »Ich nehme an, sie sind an einer schnellen Wiederbeschaffung des Kolliers und ihrer Schwägerin interessiert? Unsere Kundin beauftragte uns ursprünglich mit der Suche nach ihrem in ähnlichem Kontext verschwundenen Mann, die Umstände aber zwingen uns, auch die Entführung ihrer Schwägerin miteinzubeziehen. Wir würden uns freuen, wenn sie uns einige Fragen beantworten könnten.« - »Sicherlich.

Dürfte ich fragen, um wen es sich bei ihrer Auftraggeberin handelt?« Ich lächelte und warf ein, dass es sich dabei um eine vertrauliche Information handeln würde, die wir ohne die Zustimmung eben jener Auftraggeberin nicht herausgeben dürften. Offensichtlich war Sudhir Singwad Zurückweisung nicht gewohnt. Gezwungen verständnisvoll nahm er meine Worte hin und fragte: »Natürlich, ich verstehe. Also, wie kann ich ihnen helfen?« Foster öffnete sein mit rotem Leder bespanntes Notizbuch, blätterte hastig darin herum und fragte dann: »Uns gegenüber äußerte Ms Wallace Bedenken bezüglich einiger ihrer Anrufe. Stimmt es, dass sie am Telefon sagten, ich zitiere: ›Ich werde mir schon holen, was mir zusteht‹?« Erschrocken blickte er Foster an. »Nun ja… Es könnte sein, dass ich ein wenig ausfallend wurde, aber… ich meine…« Seine Miene veränderte sich schlagartig; er lief jetzt rot an und begann vor Erregung zu zittern: »Kann es sein, dass sie *gegen* mich ermitteln? Wie können sie nur! Ich bin ein Mann höchsten Ansehens, sowohl in ihrem, als auch meinem Land! Wie käme ich denn dazu, zwei Menschen entführen zu lassen? Eine ausgeborene Frechheit ist das, was sie mir vorwerfen!«, schrie er, vor Wut kochend. Ich versuchte, die angespannte Stimmung etwas zu beruhigen: »Mr Singwad, ich bitte um Verzeihung. Es handelte sich lediglich um eine Frage. Es ist sicherlich nicht unsere Absicht, sie zu beleidigen.« - »Mr Stucky, unterlassen sie diesen törichten Versuch, meinen Zorn einzudämmen! Natürlich bin ich ihr Hauptverdächtiger, das ist doch offensichtlich. Warum auch sonst sollten sie ausgerechnet direkt nach der Entführung meiner Schwägerin zu mir kommen, um mir derartige Fragen zu stellen?« Recht hatte er. Taktisch war es nicht besonders klug gewesen, eine derart provozierende Frage zu Beginn einer Befragung zu stellen. Es passierte, was passieren musste: Wir wurden mit Geleit aus der Botschaft geworfen, bevor wir auch nur die geringste Einzelheit erfragen konnten. Während wir auf das Taxi warteten, das Fosters Freund North gerufen hatte, fragte ich Foster etwas ungehalten: »Was haben sie sich nur dabei gedacht? Gerade bei ihrer Erfahrung sollte ihnen doch klar sein, dass eine solche Frage die restliche Befragung zu einer Farce degradiert! Vor allem in unserer derzeitigen Position!« Gelassen antwortete Foster, in die Tasche seines grauen Crombie-Mantels greifend: »Die Antworten waren auch gar nicht nötig, Stucky. Sehen sie, was ich vom Schreibtisch des vermeintlich feinen Edelmannes habe entwenden können, während sich dieser wutentbrannt von uns abgewandt hatte?« Er hielt ein blasses Polaroid in die Höhe und grinste mich zufrieden an. »Das ist ja höchstinteressant. Aber dem Mann wurde doch von unserer Ankunft berichtet, warum sollte er da einen derart belastenden Beweis gut sichtbar auf seinem Schreibtisch liegen lassen?« - »Das ist doch vollkommen irrelevant. Wir können jetzt auf jeden Fall sicher sein, dass Sudhir Singwad Teil der Verschwörung ist. Reicht ihnen das etwa noch nicht?«, fragte Foster, offenbar über meine Reaktion enttäuscht. »Ich würde sie ja gerne loben, aber entschuldigen sie bitte… Sie müssen zugeben, dass es zu einfach war, in Besitz dieses Beweisstücks zu kommen. Andererseits kann ich mir nicht vorstellen, welchen Zweck Mr Singwad mit der offensichtlichen Auslegung entscheidenden Beweismaterials verfolgen könnte.« Foster schien mir nicht zuzuhören. Aufgeregt kritzelte er in seinem Notizbuch herum. Auf meine Frage, was denn los sei, tippte er nur auf die Rückseite der Photographie. *Kemble Street Ecke Wild Street, 6 pm* war in in der Hast verwischten Buchstaben darauf geschrieben. »Ist die Kemble Street nicht nur einige hundert Meter von hier entfernt?« Ich nickte. Ein Taxi hielt am Straßenrand. »Wohin darf ich die beiden Herren bringen?« Ich bedeutete dem Fahrer, einen Moment zu warten. »Foster, wie spät ist es?«, fragte ich. Dieser kramte seine Taschenuhr aus dem Mantel und sagte: »17 Uhr.« Ich sprach kurz mit dem Fahrer und drückte ihm fünf Pfund in die Hand, mit der Bitte, uns gegen 19 Uhr an der Kemble Street Ecke Wild Street abzuholen. Ich bat ihn, notfalls die Polizei zu verständigen, falls wir nicht rechtzeitig auftauchen würden. »Wir beide werden uns jetzt in dem Diner da vorne unsere wohlverdiente Mahlzeit schmecken lassen, Foster.«, sagte ich, während das Taxi abfuhr.

Kurz vor sechs Uhr fanden wir uns in einer Gasse nahe des auf der Rückseite des Bildes notierten Treffpunktes ein und beobachteten die vorbeigehenden Passanten. Die Minuten verstrichen ohne nennenswerte Ereignisse, bis ein in dunkle Kleidung gehüllter Mann in die Gasse einbog. Er bedeutete uns, ihm zu folgen. Skeptisch taten wir, wie befohlen. Er öffnete eine der Türen, die von den Wohnhäusern aus in die schmale Gasse führten und bat uns herein. Wir folgten ihm eine kleine Treppe hinunter in den Keller, wo er die Tür aufschloss und dann hinter uns wieder sorgfältig abschloss. Er nahm den tief ins Gesicht gezogenen Hut ab und sowohl Foster als auch ich erkannten ihn auf Anhieb.

Kapitel 4

»Mr Singwad!«, prustete Foster erschrocken, »Sie?« Singwad lächelte. »Nun, meine Herren, es war klar, dass sie einem Beweisstück wie der Photographie, welche einfach so offen auf meinem Schreibtisch herumliegt, niemals hätten wiederstehen können.« - »Warum haben sie diesen Weg genutzt, um uns eine Nachricht zukommen zu lassen, wenn sie uns einfach darauf hätten ansprechen können, als wir sie in der Botschaft besuchten?«, fragte ich. Ein wenig unsicher flüsterte er: »Weil ich davon ausgehen muss, dass die Wände der Botschaft Ohren haben. Gefährliche Ohren, die sowohl auf das Kollier, als auch meine Vernichtung aus sind. Wenn sie erlauben, würde ich ihnen gerne eine kurze Geschichte erzählen, bevor wir uns ihren Fragen zuwenden. Also den Fragen, die sie stellen wollten, bevor sie das Bild entdeckt hatten.« Wir beide nickten neugierig. Er holte tief Luft und begann dann mit seiner Erzählung: »Als mein Bruder starb, verließen meine Schwägerin und ich quasi Hals über Kopf das Land. Der Tod meines Bruders bedeutete politische Instabilität, was weder auf mich, noch meine Schwägerin positive Auswirkungen gehabt hätte. Im Gegensatz zu ihr kehrte ich jedoch schon wenige Monate darauf wieder zurück nach Indien, als ich hörte, dass die Rebellion niedergeschlagen worden war. Mit der Zeit kam ich dann zu meinem Posten in ihrem Land, meine Herren. Vor einigen Wochen schließlich erreichten mich die ersten anonymen Briefe. Briefe, deren Inhalt mich und meine Familie aufs Äußerste bedrohten. Der Absender verlangte das Kollier, ansonsten würde ich schon sehen, was mir passieren würde. Von Brief zu Brief wurden die Drohungen konkreter, bis mich vor zwei Wochen das bisher letzte Schreiben erreichte, dessen Inhalt lediglich aus dem Satz ›Ich habe Sie gewarnt‹ bestand. Wie diese Drohung aufzufassen ist, haben sie ja erleben dürfen.« Nachdenklich nickte ich. »Ein unschuldiger Mann und ihre Schwägerin wurden entführt und das Kollier ist verschwunden.« Er blickte auf seine Füße hinab, welche er nervös hin und her kreisen ließ. »Naja, was das angeht… Meine Schwägerin wurde nicht entführt. Zumindest nicht von denjenigen, die Schuld an dem Raubüberfall tragen.« Verdutzt blickte ich ihn an. »Wie darf man das verstehen?« - »Nun ja, sowohl meine Ehefrau, als auch die arme Ms Wallace befanden sich in höchster Gefahr. Auch, wenn ich mich gezwungen sah, harsche Töne anklingen zu lassen, um ihr das Kollier zu entlocken, kann ich die alte Dame sehr gut leiden. Der Zweck heiligt die Mittel, sie verstehen? Ich konnte nach den Geschehnissen des letzten Dienstags nicht weiter zusehen, wie das Leben meiner Schwägerin akut bedroht wurde, weshalb ich mich entschloss, meine Leibgarde nach ihr zu schicken. Da sie mich noch immer für einen Ganoven hielt, wollte sie meinen Personenschützern nicht folgen. Meine Männer mussten Gewalt anwenden, zumindest psychisch. Der Schuss in die Decke genügte, um sie zum Mitkommen zu überreden. Das Bild ließ ich mitbringen, um den Verdacht vorerst auf die wahren Räuber zu lenken, welche die Polizei sicherlich nicht innerhalb meiner Leibgarde vermutet hätte. Als sie dann unerwarteterweise vor dem Tor der Botschaft auftauchten, blieb mir nichts Anderes übrig, als die Photographie des Kolliers zu präparieren und so auf meinem Tisch zu platzieren, dass einer von ihnen mich entweder darauf ansprechen würde oder sie eben, wie geschehen, einfach mitnehmen würde.« Diese Geschichte klang doch ein wenig zu abenteuerlich, als das sie hätte wahr sein können. »Falls diese Geschichte der Wahrheit entspricht, wird es doch wohl möglich sein, die Dame zu sprechen?«, fragte ich. Er schüttelte den Kopf: »Nein. Also ja, es wäre möglich, aber keinesfalls mehr heute. Sie befindet sich in einem Ferienhaus außerhalb Londons und wird von meiner Frau und einigen eigens zum Zweck des Schutzes der beiden abgestellten Männern umsorgt. Bitte vertrauen sie mir, es geht ihr gut! Ich muss nur sicherstellen, dass weder die Verfasser der Briefe, noch die Räuber etwas über den genauen Aufenthaltsort meiner Frau und meiner Schwägerin erfahren. Ich werde einen Wachposten in der Nähe des Hauses postieren, der ihre Sicherheit gewährleisten kann. Aber ich kann ihnen schon morgen einen Wagen schicken, der sie zu ihr bringen wird!« - »Unsere Adress-« - »Habe ich bereits, Mr Foster.«

Der nächste Morgen begann früh. Um möglichst wenig Aufmerksamkeit zu erregen, schickte Mr Singwad bereits gegen fünf Uhr morgens nach uns. Im Schutze der Nacht wurden wir von zwei bulligen Männern in ziviler Kleidung in das unscheinbare Feriendomizil eskortiert. Eine verschlafene Ms Wallace und eine Frau indischer Herkunft erwarteten uns bereits im Wohnzimmer. Die Vorhänge waren sorgfältig zugezogen und alle Türen mit bewaffneten Leibwächtern besetzt. »Mr Stucky, Mr Foster! Ich bin froh, sie beide zu sehen!« Überschwänglich umarmte die kleine Frau mich. Als sie sich dessen bewusst wurde, lief ihr Gesicht rosa an: »Pardon, verzeihen sie. Ich bin nur ein wenig mit der Situation überfordert.« Verlegen lächelte ich ihr zu. Foster, welcher mich ob meiner peinlich berührten Verlegenheit belustigt ansah, stellte eine Frage, um das Schweigen zu überbrücken: »Wie geht es ihnen? Ich meine, abgesehen von der Situation; ist man gut mit ihnen umgegangen?« - »Nachdem man mich mit einer Schusswaffe bedroht und in dieses Haus gezerrt hat? Ich denke, ich kann mich bis zum jetzigen Zeitpunkt nicht beschweren. Sobald mein Schwager mir die Situation erklärt hatte, war ich ihm selbstverständlich dankbar. Unser Verhältnis litt in letzter Zeit ein wenig unter seinen Forderungen nach dem Kollier, nun aber muss ich zugeben, dass ich unter diesen Gegebenheiten kaum anderes gehandelt hätte. Und abgesehen vom wenig redseligen Personal,«, dabei zeigte sie verstohlen grinsend auf die beiden Leibwächter an der Eingangstüre, »fühle ich mich hier fast wie zu Hause. Was nicht zuletzt an Prajna – der Frau meines Schwagers - liegt, deren Kochkünste unbeschreibbar bleiben, solange man nicht selbst gekostet hat…« Sie ließ den Satz ausklingen, als wolle sie uns einladen. »Ich schlage ein solches Angebot nur äußerst ungern ab, jedoch muss ich zugeben, dass wir für den Mittag bereits andere Pläne zu verfolgen haben. Sobald ihr Schwager uns die Briefe der Entführer zukommen lassen hat, werden wir einen Spezialisten der Graphologie aufsuchen, welcher das Schriftbild des Verfassers analysieren wird und auf dieser Basis hoffentlich hilfreiche Rückschlüsse auf das Wesen des Verfassers ziehen kann. Außerdem scheint es, als lege ihr Schwager höchsten Wert auf möglichst unauffällige Besuchszeiten. Mittags würden wir uns wohl kaum unbemerkt hier hineinschleichen können, vermute ich?« - »Ich verstehe schon, sie fürchten die indische Küche,«, sagte sie schallend lachend, »aber sie werden nicht um ein Essen herumkommen, sobald ihre Ermittlungen in diesem Fall abgeschlossen sind. Ich akzeptiere kein Nein.« - »Ich denke, darauf könnten wir uns einigen.«, antwortete ich lächelnd. Es war Zeit, wieder aufzubrechen. Wir verabschiedeten uns und machten uns auf den Weg in die Botschaft, um einen braunen Umschlag mit den Briefen entgegenzunehmen, der an der Pforte zurückgelegt worden war. Mr Singwad war darüber hinaus so freundlich gewesen, uns den Rest des Tages einen Wagen mitsamt Chauffeur zu überlassen, sodass wir auf dem Weg zum Yard bereits einen Blick auf die Schreiben werfen konnten. »Ganz schön fantasievolle Drohungen, meinen sie nicht?«, fragte Foster, »Ich meine, ›Das Kollier wird leben, während Ihre Seele im ewigen Feuer des Tigers wandelt‹? Was soll das überhaupt bedeuten?« Aussagen wie diese zogen sich in der Tat über alle Nachrichten hinweg. Das ›Feuer des Tigers‹ fand in nahezu jedem Brief Erwähnung, blieb jedoch ohne weitere Erklärung. Völlig überfragt gab ich zu bedenken: »Ich frage mich vor allem, warum Singwad uns gegenüber diese seltsamen Phrasen mit keinem Wort erwähnt hat. Sie werfen ein vollkommen anderes Licht auf diese Drohungen; anstatt, wie bisher vermutet, von einem rein politisch motivierten Motiv auszugehen, scheinen nun auch religiöse Beweggründe in Frage zu kommen. Oder…« - »Oder was?« - »Sehen sie sich diesen Brief an. Er ist der einzige unter den Schreiben, in dem keine Rede vom Tiger oder dem Feuer ist. Er scheint völlig sachlich formuliert worden zu sein, abgesehen von einer kleinen

Auffälligkeit.« Ich ließ Foster ein wenig Zeit, die Anomalie selbst auszumachen. »Sie spielen auf das unpassende Schriftbild in der Anrede an? Der kursiv geschriebene Buchstabe *E*?« - »Vollkommen richtig. Da diese, auf den ersten Blick kaum ersichtliche Besonderheit selbst bei genauerem Hinsehen nicht sofort auffällt, sich jedoch konsequent über die gesamte Anrede hinweg findet, darf man davon ausgehen, dass diese Schreibweise auf irgendetwas hinweisen soll. Bisher erschließt sich mir jedoch nicht, auf *was*.« Foster strich sich über das Kinn. »Vielleicht ein Zufall?« Ich sah ihn tadelnd an. »Schon gut. ›Nichts ist einfach nur ein Zufall‹, ich erinnere mich.« Den Rest der Fahrt verbrachten wir schweigend, da wir uns beide über die Bedeutung des Tigers, der Flamme und des unterbrochenen Schriftbildes Gedanken machten. Foster hatte begonnen, einige Worte in sein Notizbuch zu übertragen und Linien zwischen den Buchstaben zu ziehen. Es wirkte fast, als versuche er, ein Anagramm zu lösen…

Der Fahrer hielt nahe des Instituts für angewandte Psychologie, in welchem Professor Martin Reichs, ein angesehener Spezialist für Schriftkunde und Persönlichkeitsdiagnostik mit Lehrstuhl in Oxford, unterrichtete. Über die Jahre hinweg hatten seine Fähigkeiten für die Aufklärung des ein oder anderen Falles gesorgt und seit jeher schien der schrullige Gelehrte dermaßen interessiert an meinen Fällen, dass er mir seine Dienste bereits

seit geraumer Zeit unentgeltlich zur Verfügung stellte. Als ich an der Tür seines Büros klopfte, hörte ich leise das vom Knistern des Tonarms unterbrochene Tönen eines Grammophons. Wagner. Binnen weniger Sekunden öffnete sich die Tür und ein äußerst erfreuter älterer Herr sah mich mit seinen gutmütigen Augen an. Ganz so, als hätte er mich bereits erwartet.
»Mr Stucky, schön sie endlich mal wieder in den heiligen Hallen meines Instituts begrüßen zu dürfen! Mr Foster,-« Er nickte Foster freundlich zu. »Ich muss zugeben, dass ich sie bereits erwartet habe. Man munkelt, man hätte sie in der Sache des Reeves-Überfalls konsultiert? Sie kennen das ja, in meinen Kreisen spricht sich so etwas schnell herum.« Er lächelte. Woher wussten »seine Kreise« von unserem Auftrag? Niemand außer dem Diplomaten und seiner Frau, Ms Wallace und natürlich Mrs Reeves selbst konnten wissen, dass wir aktuell diesen Fall bearbeiteten. Ich beschloss, zur Sicherheit seine Quelle zu erfragen: »Die Freude ist ganz auf meiner Seite. Aber wenn ich mich erkundigen dürfte, woher wissen sie von unserer Beteiligung in dieser Sache?« - »Genauso wenig, wie der Zauberer seine Tricks verrät, gibt der Psychologe Patientendaten heraus. Schon von Rechtswegen sehe ich mich verpflichtet, ihnen diesbezüglich keine Auskunft zu geben. Aber lassen sie mich so viel verraten: Der Herr kommt aus dem nächsten Umfeld der Betroffenen.« Er schien stolz

auf sein Geheimnis zu sein. Ein wenig besorgt fasste ich den Entschluss, die Sache auf sich beruhen zu lassen, wenngleich mein Gefühl mir sagte, dass diese Quelle zur Gefahr werden konnte. Unter Umständen war es kein Zufall, dass gerade Professor Reichs davon erfahren hatte. Reichs' Neugier war eine Schwachstelle, die man, vorausgesetzt, man verfügte über die nötige Raffinesse, gezielt nutzen konnte, um massiv in unsere Ermittlungen einzugreifen. Nichtsdestotrotz war Reichs Gespür für Schriften unschlagbar und sicher nur schwerlich zu manipulieren, weshalb ich der Ansicht war, trotz meiner Bedenken auf ein Gutachten seinerseits bestehen zu können. Ich erklärte ihm mein Anliegen ohne dabei meine Befürchtungen kund zu tun. Eifrig riss er mir den Umschlag aus der Hand, in dessen Inneren sich die Briefe befanden, und begann, sie auf dem Tisch vor sich auszubreiten. Auf die Frage hin, wie lange er denn vermutlich brauchen würde, murmelte er nur leise »Interessant, höchst interessant, mein Bester.« Es dauerte ein wenig, bis er endlich seine dicke Brille abnahm und wieder aufsah. »Mr Stucky, sie haben mir mal wieder ein höchst interessantes Sammelsurium an Material mitgebracht. Die endgültige Sichtung wird sicher einige Zeit dauern, jedoch kann ich ihnen jetzt schon von einer grundlegenden Erkenntnis berichten: Diese Briefe stammen offenbar nicht aus der Feder einer einzelnen Person. Auf den ersten Blick erkenne ich zwei sich zwar durchaus ähnelnde, jedoch keineswegs identische Schriftbilder.« - »Also haben wir es mit zwei Verfassern zu tun?«, fragte ich. »Oder zumindest mit Einem, der sich besonders viel Mühe gegeben hat, seine Identität zu verschleiern. Unwahrscheinlich, aber falls dies der Fall sein sollte, werde ich ihnen in wenigen Tagen mehr dazu sagen können.«

Wir verabschiedeten uns und machten uns auf den Weg zurück zu Fosters Bleibe, um dort den weiteren Verlauf der Dinge zu besprechen. Professor Reichs würde die Analyse der Briefe in wenigstens 24 Stunden beendet haben und selbst, wenn er sie priorisiert bearbeiten würde, könne er keinesfalls vor morgen früh fertig sein, meinte er. Es hieß also, die Wartezeit irgendwie zu überbrücken; was, in Anbetracht der fehlenden Grundlagen für weitere Ermittlungen, schwierig werden dürfte. Der Fahrer setzte uns vor Fosters kleinem Häuschen ab und machte sich auf den Weg zurück zur Botschaft.

Foster setzte sich leise seufzend auf einen der Korbstühle auf der Veranda und blickte nachdenklich auf den fein säuberlich gemähten Rasen. »Die ganze Zeit schon denke ich über dieses kursive *E* in der Anrede des einen Briefes nach. Und je mehr ich darüber nachdenke, desto klarer wird mir, dass es sich dabei keinesfalls um einen Zufall handeln kann. Dafür ist diese Abnormalität einfach zu offensichtlich platziert worden.« Er legte sein Notizbuch auf dem Tisch vor sich ab und blätterte einen Moment darin herum, bis er die Seite gefunden zu haben schien, die er gesucht hatte. Er deutete darauf, als wolle er mir etwas zeigen. Ich zog einen Stuhl neben den seinen und warf einen Blick auf die Seite, auf die er tippte. Er hatte eine Textstelle aus dem Brief mit der seltsamen Anrede abgeschrieben und das jeweils fünfte Wort unterstrichen. »Sehen sie sich das an, Stucky. Ich weiß, es ergibt nicht unbedingt so viel Sinn, wie ich es mir zu Anfang erhofft hatte, jedoch erscheint mir das Ergebnis gar nicht so abwegig. Wenn man davon ausgeht, dass der Rest des Briefes keine Aufmerksamkeit erregen darf…« - »Wie ich sehe, gehen sie davon aus, dass das kursiv geschriebene E als fünfter Buchstabe im Alphabet anzeigen soll, nur jedes fünfte Wort zu lesen?« - »Richtig. Zuerst habe ich versucht, jeden fünften Buchstaben zu lesen, jedoch ergibt diese Variante nichts weiter als ein nicht zu ordnendes Wortwirrwarr. So aber ergibt sich eine durchaus sinnvolle Nachricht, gerade im gegebenen Kontext: *dringend / Gefahr / unverzüglich / Meldung / schnell*. Wenn nur dieser eine Brief ein anderes Schriftbild trägt, liegt der Schluss nahe, dass der Verfasser dieses Briefes den der anderen Briefe kennen musste. Andernfalls hätte er wohl kaum von den Drohschreiben erfahren können. Des Weiteren muss er auch den Botschafter kennen, denn warum sonst sollte er die Gefahr, erwischt und unter Umständen dafür bestraft zu werden, auf sich nehmen, nur, um diesen zu warnen?«

Aufgrund der Tatsache, dass die Situation heute ein doch etwas früheres Aufstehen erfordert hatte, sah ich mich selbst erschöpft und völlig ausgelaugt. Kurz angebunden klopfte ich Foster auf die Schulter und stand schwerfällig aus dem Korbstuhl auf. »Gute Arbeit, Foster. Erinnern sie mich daran, ihnen nach Beendigung dieses Falles ein Getränk ihrer Wahl auszugeben. Jetzt heißt es erst einmal abwarten, was mir die Möglichkeit gibt, mich zu Hause ein wenig schlafen zu legen. Was ich ihnen übrigens auch empfehlen würde, wenn ich mir ihren verschlafenden Blick so ansehe. Guten Abend und im Notfall wissen sie ja, wie sie mich erreichen.« Foster schien alles andere als einverstanden zu sein: »Aber… Es ist kurz vor zwei Uhr nachmittags, sie können doch nicht einfach so…« - »Die Vorteile der selbstständigen Arbeit, Foster. Genießen sie den Tag.«

Nachdem ich mich zuhause ein wenig schlafen gelegt hatte, wurde ich von einem klirrenden Geräusch geweckt. In meinem Nachttisch lag die schwere *Smith&Wesson*, die mir Inspector Leach kurz vor seiner Pensionierung geschenkt hatte, um »die Verbrecherjagd einfacher zu machen«. Bedacht, keinen Laut von mir zu geben, öffnete ich die Schublade und umfasste den Griff der Waffe. Ich schlich leise zur Zimmertür und öffnete sie einen Spalt, um nach draußen zu sehen zu können. Die Dunkelheit machte es unmöglich, etwas zu erkennen. Ich öffnete die Tür so weit, dass ich hindurchschlüpfen konnte, jedoch – zu meinem Leidwesen – begleitet von einem in meinen Ohren deutlich zu lauten Quietschen. Das Ölen der Türe hatte ich die letzten Wochen vor mir hergeschoben, was jetzt zur potentiellen Todesfalle wurde. Ich hielt kurz inne, um nach Geräuschen zu horchen, welche unter Umständen den Standort des vermeintlichen Einbrechers verraten würden. Entweder hatte der Eindringling das Kreischen der Scharniere nicht gehört, oder war gerade ebenso starr vor angespannter Erschrockenheit wie ich es war. Ich holte tief Luft und sammelte den Mut, weiter in den Raum hineinzugehen.

Ein dumpfer Aufschlag, der klang, als sei jemand gegen ein Möbelstück gestolpert, welches daraufhin umgefallen war, sorgte dafür, dass ich vor Schreck einen Schritt nach hinten machte, wo sich leider nicht nur der erwartete Boden unter meinem Fuß befand, sondern auch die lederne Aktentasche, welche ich vor einigen Tagen achtlos dort abgestellt hatte. Mit einem unterdrückten, doch hörbaren Ausruf der Verwunderung fiel ich hart auf meinen Rücken. Eine leise durch die Dunkelheit huschende Silhouette rannte durch mein Wohnzimmer, ohne mich auch nur eines Blickes zu würdigen. Ich schrie: »Stehen bleiben! Ich bin bewaffn...« Mir stockte der Atem. Mein Revolver war mir wohl bei meinem Sturz aus der Hand geglitten und lag jetzt, in dieser Situation unauffindbar für mich, irgendwo vor oder unter einem der Sessel. Hastig rappelte ich mich auf und versuchte zu erkennen, wohin die Gestalt verschwunden war. Das laute Krachen aus Richtung der Haustüre beantwortete meine Frage, noch bevor ich irgendetwas hatte wahrnehmen können. Mein überraschendes Auftreten hatte offenbar ausgereicht, um den Eindringling hinreichend zu verunsichern. Beruhigt seufzend tastete ich mich bis zum Lichtschalter voran. Das Licht eröffnete mir ein ernüchterndes Szenario: Scherben einer zerbrochenen Ming-Vase, die mir ein chinesischer Klient nach erfolgreicher Rettung seines Firmenimperiums hatte zukommen lassen, waren über den Boden verteilt, so, als wäre der Einbrecher mehrere Male auf die bereits verteilten Scherben gestiegen. Die antike Kommode im Flur lag inmitten des Inhalts der eigenen Schubladen umgestürzt da, die fein gearbeiteten Intarsien von groben Absplitterungen gezeichnet. Das Telefon, das einmal darauf gestanden hatte, lag nicht weit davon entfernt; das Kabel offenbar gezielt durchtrennt. Es dauerte einige Zeit, bis ich von der Schrift an der Wand Notiz nahm. In großen, rot verlaufenen Buchstaben stand dort geschrieben: »Der Tiger beobachtet Sie.«

Die Polizei traf schnell ein, nachdem ich Inspector Field über das Telefon eines Nachbarn geschildert hatte, was passiert war. Field war fassungslos. »Mr Stucky, diese Angelegenheit sollte ihnen offenbar eine Warnung sein. Hängt diese Sache hier zufällig mit der Entführung in

der Bedford Avenue zusammen?« Schuldbewusst lächelte ich ihm entgegen. Er durfte auf keinen Fall erfahren, wo sich Ms Wallace gerade aufhielt und dass es sich bei der fälschlicherweise als Entführung betitelten Sicherheitsmaßnahme um eine eben solche gehandelt hatte. Nicht er, sondern vielmehr seine beruflich erforderliche Offenheit gegenüber der Obrigkeit würden die Sicherheit der alten Frau unnötig gefährden.
Ich versuchte, meine Fassung wiederzuerlangen: »Gewissermaßen, könnte man sagen. Aber ich denke nicht, dass ich in größerer Gefahr schwebe, schließlich hat der Eindringling nicht versucht, mich zu verletzen, sondern drang lediglich in mein Haus ein, um diese Nachricht zu hinterlassen.« - »Sehen sie, Stucky. Ich schätze sie und ihre Arbeit. Sehr sogar. Und ich würde nur höchst ungern eines Tages ihre Akte auf meinem Tisch liegen sehen, verstehen sie?« Ich nickte. »Möchten sie mir vielleicht berichten, was sie im Falle Wallace bereits in Erfahrung bringen konnten?«, fuhr er fort. Ich log ihn nur ungern an, jedoch blieb mir angesichts der prekären Lage leider nichts Anderes übrig: »Bisher gar nichts. Foster und ich haben einige Personen aus Ms Wallace' direktem Umfeld befragt, haben aber nichts von Bedeutung in Erfahrung bringen können.« Noch bevor Field zu einem enttäuschten *Aha* ansetzen konnte, stand Foster im Türrahmen. Er sah mich, fragend und bestürzt zugleich, an. »Was ist hier los?« Field kam mir zuvor:

»Ihr Freund wurde überfallen.« - »Inspector Field übertreibt ein wenig. Bei mir wurde eingebrochen.«, warf ich ein, um den ersten Eindruck ein wenig zu entschärfen. Foster sah mich entgeistert an. Noch bevor Foster mich fragen konnte, was genau passiert war, rief einer der Männer, die Field zur Dokumentation der Spuren mitgebracht hatte: »Inspector, das sollten sie sich ansehen.« Entnervt schnaubend machte Field sich auf den Weg in Richtung Badezimmer, Foster und ich folgten ihm hastig. Splitter des Wandspiegels lagen im Waschbecken und auf dem Boden davor. Bedacht, nicht in die Splitter zu treten, sprang Field bemüht spielerisch über die Scherben hinweg. Der Polizist, der Field gerufen hatte, hielt ein kleines Büchlein in der Hand, welches die Aufschrift *Die Legende des Tigers* trug. »Wo lag das Buch, bevor sie es aufgehoben haben?«, fragte Field etwas ungehalten. Der junge Polizist schien ein wenig bestürzt, da er entgegen der geltenden Vorschriften ein Beweismittel in die Hand genommen hatte, ohne es vorher dem diensthabenden Inspector gezeigt zu haben. Er zeigte auf eine Stelle am Boden, nahe meiner Badewanne. »Seltsam. Es scheint dem Eindringling aus der Tasche gefallen zu sein, denn hätte er es für sie sichtbar drapieren wollen, hätte sich dutzende, passendere Orte angeboten.« - »Ich bitte sie, Inspector. Warum sollte jemand, der Anstalten macht, einen Einbruch zu begehen, einen derart sperrigen Gegenstand mit sich führen?«, merkte ich an. »Stimmt.« Field und Foster nickten zustimmend. »Aber warum gerade diese Stelle?«, fragte Foster. »Ich denke, es lief folgendermaßen ab: Nachdem die Person durch dieses Fenster…« Ich zeigte auf das schmale Fenster über der Badewanne, »… eingedrungen war, verlor sie das Gleichgewicht, nachdem sie über die Wanne zu klettern versucht hatte, welche aufgrund der nur wenige Stunden zuvor vorgenommenen Reinigung noch reichlich feucht war. Mit dem Ellbogen voraus stürzte sie gen Waschbecken und bei dem Versuch, sich in letzter Sekunde mit den Händen abzufangen, ging der Spiegel zu Bruch. Diese Vermutung verhärtet sich, wenn man die von links nach rechts verschobenen Waschutensilien betrachtet. Das Buch ist ebenso Teil der Nachricht, wie die Schrift an der Wand dort…« Ich zeigte durch den Türrahmen hindurch auf die roten Buchstaben. »… und sollte eigentlich an einer gut sichtbaren Stelle abgelegt werden, fiel jedoch im Rahmen des Vorfalls aus der Tasche des Delinquenten und konnte in der Dunkelheit nicht ohne Weiteres gefunden werden. Da mich das Klirren geweckt hatte, gehe ich davon aus, dass dem Täter etwa eine halbe Minute blieb, um die Badezimmertüre nahezu lautlos zu öffnen und die Nachricht an die Wand zu schreiben. Schließlich hatte ich meine Türe, von einem unvermeidbaren Quietschen begleitet, geöffnet, was uns beide in eine kurz andauernde Schockstarre versetzt hatte. Als er letztendlich zur Flucht ansetzen wollte, stieß er die Kommode im Flur um.« Ich zeigte auf das von Holzsplittern und einem unbrauchbar gewordenen Telefon umgebene Möbelstück. »Klingt schlüssig.«, meinte Field.

Die Nachbarn wurden im Laufe der folgenden Stunden befragt, was zum Leidwesen Fields keine weiteren Erkenntnisse ergab, als die einstimmige Beschreibung einer eher kleinen, vermummten Person, welche, und da war sich vor allem Hausverwalterin Ms Flynn sicher, in Richtung der nahegelegenen Parkanlage von dannen gemacht hatte. Langsam zogen sich die Polizisten inklusive Inspector Field zurück, um pünktlich zum Dienstwechsel auf der Station zu sein. Foster und ich standen noch lange vor der Nachricht an der Wand. Irgendwann klappte ich das kleine Buch auf und begann, ein wenig darin herumzublättern.

Der Tiger, ein einst erhabenes Wesen, das durch unsere Wälder streifte und wachsam und still sein Königreich beherrschte, fand in jüngster Vergangenheit ein grausames Ende. Er wurde zerfleischt vom Glauben an das Falsche, ausgenommen von der Gier nach Konsum und gehängt von der Bewegung der Gewaltlosen. Als der weiße Mann Einzug hielt, tötete er den Tiger und damit auch die Symbolfigur einer stolzen Nation, die nun in Trümmern liegt. An uns liegt es, des Tigers Rache walten zu lassen über jene, welche unser Volk unterdrücken und langsam erstickten.

Das Feuer mag erloschen sein, die Glut aber ist noch lange nicht abgekühlt.

»Klingt nach dem Manifest einer fundamental nationalistischen Sekte.«, meinte Foster. Auch ich hatte inzwischen das Gefühl, dass sowohl hinter den Briefen, als auch der Nachricht an der Wand ein und dieselbe Institution stand. Die Wahrscheinlichkeit, dass es sich bei der Häufung der Anspielungen auf einen Tiger um reinen Zufall handelte, war offensichtlicherweise verschwindend gering. »Sind sie sich immer noch sicher, dass dieser Fall nicht eine Nummer zu groß für uns ist?«, fragte Foster verunsichert. »Absolut.«, entgegnete ich fest entschlossen.

Kapitel 5

»Mr Stucky, Mr Foster, schön, dass sie hier sind. Wie versprochen habe ich die vorliegenden Schriftbilder analysiert, in Einzelarbeit, versteht sich. Wie zu Anfang angenommen, handelt es sich um zwei Verfasser. Und, was bedeutend interessanter ist: Nur einer der beiden meint wirklich ernst, was er schreibt.« Foster wirkte ähnlich verdutzt, wie ich es war. Ich hakte nach: »Wie meinen sie das?« Professor Reichs lächelte erhaben und breitete einen der Briefe auf dem Lichttisch vor mir aus. »Sehen sie genau hin. Hier wurde die Feder dermaßen stark angesetzt, dass sich die Schrift durch das Papier hindurchdrückte. Die Schrift ist des Weiteren stark verwischt, was vermuten lässt, dass ein Löschblatt verwendet wurde, um die Tinte zu trocknen. In Anbetracht des Zusammenhangs kann das nur bedeuten, dass der oder *die* Verfasser…«, er betonte das *die* besonders eingehend, »… nicht besonders viel Zeit aufwenden wollten oder konnten, um den Brief zu schreiben. Ähnliche Anzeichen ziehen sich durch die gesamte Sammlung an Briefen, bis auf einen einzigen, der…« Ich unterbrach ihn: »Der, wenn ich annehmen darf, von einer Frau stammt.« Reichs schien überrumpelt. Knirschend fuhr er fort: »… der von einer Frau stammt. Woher wussten sie das?« - »Ich habe einige ihrer Arbeiten gelesen, nachdem sie in der Vergangenheit mehrere Fälle durch entscheidende Informationen wasserfest machten, nur, indem sie einige geschriebene Beweisstücke angesehen hatten. Sie haben einen bleibenden Eindruck hinterlassen, wenn ich sie an dieser Stelle gebührend loben darf.« Peinlich berührt schmunzelnd sagte er: »Sie dürfen. Ja, wie sie bereits festgestellt haben, ist die Schrift zu fein und säuberlich gehalten, um aus männlicher Hand zu stammen. Interessant ist hierbei aber auch, dass die Verfasserin offenbar genügend Zeit hatte, während des Schreibens mehrmals abzusetzen. Meiner Meinung nach ist das ein Indiz dafür, dass der Text diktiert und nicht von der Verfasserin selbst formuliert wurde. Außerdem wird deutlich, dass der Brief in mehreren Anläufen geschrieben wurde. Dies zeigt sich in den unterschiedlichen Winkeln, in denen die Feder angesetzt wurde.« - »Das zumindest deckt sich mit unseren bisherigen Annahmen.«, sagte Foster. »Inwiefern?«, fragte Reichs interessiert. »Wir sind zu dem Schluss gekommen, dass sich in der Nachricht der weiblichen Verfasserin eine weitere, jedoch gut versteckte Nachricht verbirgt. Sehen sie sich die Anrede an.« - »Sie meinen dieses schief gestellte *E*? Ich habe angenommen, dass sich dieses Phänomen einfach erklären ließe, wenn man davon ausgeht, dass die Verfasserin während des Schreibens des Briefes sichergehen wollte, dass die Form den Ansprüchen des Diktierenden genügt. Ich habe angenommen, dass sie sich dazu immer wieder zu dieser Person umgedreht hatte und dadurch diese Verzerrung zustande gekommen ist.«, sagte Reichs. Foster fuhr fort: »Diese Vermutung sollte jedoch schnell beseitigt sein, wenn ich ihnen Folgendes zeige…« Foster legte sein aufgeschlagenes Notizbuch auf den Tisch. Der etwas in die Jahre gekommene Professor las, was Foster fein säuberlich in das Buch übernommen hatte, stets bedacht, nur jedes fünfte Wort zu beachten. Reichs Finger übersprangen je vier Worte des Briefes. Als er wieder aufsah, glänzten seine Augen. »Mr Stucky,« setzte er an, »die Arbeit mit ihnen ist mir jedes Mal aufs Neue eine Freude.« Foster sah ein wenig beleidigt drein. »Da schließe ich sie natürlich nicht aus, mein junger Freund.« Versöhnlich klopfte er ihm auf die Schulter.

Ich hatte bereits zuhause beschlossen, mich bei Professor Reichs zu erkundigen, ob er denn von einer religiösen Vereinigung wisse, deren Ideologie auf der Legende eines Tigers basiert. Als ich ihn fragte, schüttelte den Kopf: »Mir ist keine Sekte bekannt, und ich gehe davon aus, dass ihre blumige Beschreibung eine eben solche Institution meint, deren Philosophie auf einer derartigen Geschichte beruht. Aber Religionswissenschaften sind schließlich auch nicht mein Fachgebiet. Falls sie noch eine gute Stunde warten können, bringe ich sie zu Professor Dr. Moore, dem Theologen des Hauses, welcher neben seiner Tätigkeit als Lehrkörper zufälligerweise auch großes Interesse an der Entwicklung und Herkunft neumodischer Sekten hegt und sich - zu meinem Leidwesen - von Herzen gerne in stundenlange Diskussionen darüber verwickeln lässt. Seine Vorlesung endet in wenigen Minuten, wenn sie sich vor sein Büro stellen, erwischen sie ihn unter Umständen sogar noch, bevor er seine Mittagspause antritt.« Reichs zeigte uns, welche Türe zu Dr. Moores Büro gehört und verabschiedete sich dann. So erquickt wie heute erlebte man ihn nur selten - Die Rätsel, die dieser, und das musste ich mir inzwischen selbst eingestehen, überaus komplizierte Fall uns aufgab, schienen die Fantasie des Professors beflügelt zu haben.

Es dauerte etwa fünfundvierzig Minuten, bis ein kleiner, bärtiger Mann mittleren Alters in unsere Richtung kam. Als er nur noch wenige Schritte von uns entfernt war, sprach er uns an: »Die Vorlesung für unsere Spätstudenten findet in Lesungssaal 2 statt, meine Herren.« - »Ich denke, sie missver…«, begann ich, nur um direkt unterbrochen zu werden: »Nein, nein. Wenden sie sich an ihre Tutoren, wenn sie Fragen haben. Ich kann mich nicht um jedermanns Probleme kümmern, dafür erhalte ich eindeutig zu wenig Gehalt.« Fluchend öffnete er die Bürotüre. »Und jetzt, wenn ich bitten darf - Meine Mittagspause hat soeben begonnen.« Die Tür wurde knallend ins Schloss geworfen. Ich sah Foster stirnrunzelnd an. »Hat er uns gerade für Studenten gehalten?«, fragte

Foster. »Offenbar.«, meinte ich nachdenklich. Ich klopfte zweimal und drückte die Klinke herunter, ohne auf eine Erlaubnis von der anderen Seite der Türe zu warten. Ein verärgerter Dr. Moore sah mich böse von seinem Schreibtisch aus an, hinter dem er fast gänzlich zu verschwinden schien. »Ich hatte ihnen doch gesa…« Diesmal war ich es, der unterbrach: »Professor Dr. Moore, pardon, aber wir sind weder Studenten, noch wollen wir, dass sie ein Problem für uns lösen. Wobei, eigentlich stimmt das nicht ganz. Wir benötigen ihre Hilfe.« Der kleine Mann, dessen Auftreten durch die aufkommende Wut immer mehr dem eines wütenden Gartenzwerges glich, schlug mit aller ihm zur Verfügung stehenden Wucht auf den Massivholztisch: »Verlassen sie sofort mein Büro! Oder ich sehe mich gezwungen, den Sicherheitsdienst zu rufen!« Uns blieb nichts Anderes übrig, als der Aufforderung des Mannes nachzukommen.

»Besonders aufschlussreich war der Besuch nicht wirklich.«, fasste Foster unseren Aufenthalt in der Universität zusammen. Ich stimmte ihm zu: »Richtig. Aber irgendetwas an diesem Moore war seltsam.« - »Sie meinen den Wutausbruch, weil wir seine Mittagspause gestört haben? Ja, in der Tat. Der Mann sollte sich dringend in Behandlung begeben.« - »Ich weiß nicht. Der Professor wirkte zu Beginn nicht, als ob er sauer gewesen wäre. Eher… ängstlich, ja sogar bestürzt!« - »Und das wollen sie wann genau erkannt haben? Noch bevor wir ihn überhaupt richtig zu Gesicht bekamen, hatte er doch schon die Tür hinter sich zugeschlagen.« Foster schien nicht gesehen zu haben, wie sich der Gesichtsausdruck des kleinen Professors in Bruchteil einer Sekunde zu blanker Angst gewandelt hatte, als er mir ins Gesicht gesehen hatte. Ich war sicher, dass seine gespielte Wut nur der verzweifelte Versuch war, uns beide möglichst schnell loszuwerden. Ich beschloss, diese Erkenntnis vorerst für mich zu behalten. Foster schien meine Einschätzung nicht zu teilen, jeglicher Erklärungsversuch wäre zu diesem Zeitpunkt reine Zeitverschwendung. Ich gab ihm einfach Recht.

Da uns an diesem Tag kein Fahrer zur Verfügung stand, machten wir uns zu Fuß in Richtung der indischen Botschaft auf. Um eine sichere Kommunikation zu gewährleisten, hatten wir mit dem Botschafter vereinbart, Fosters Bekannten North, welcher höchstes Vertrauen des Diplomaten genoss, quasi inoffiziell zu informieren, woraufhin sich der Botschafter mit uns in der Gasse treffen würde, in welcher er uns nach unserer ersten Zusammenkunft zu treffen verlangt hatte. Diesmal hielt sich Foster außerhalb des von der Botschaft aus einsehbaren Bereichs auf und ich sprach mit North, um nicht allzu viel Aufmerksamkeit zu erregen. Schließlich wussten wir zum jetzigen Zeitpunkt weder, wer hinter den

Drohungen gegen Singwad steckte, noch wer half, ihn zu überwachen.

North, an diesem Tage gezwungen sachlich, gab Singwad telefonisch Bescheid, wobei er einen Mr Ethan Jennings ankündigte, (ein Name, den wir vorher mit Singwad vereinbart hatten, um im Falle einer unter Umständen durchgeführten Überwachung der Telefonleitung keinen Verdacht zu erregen) und wandte sich dann wieder zu mir. Leise sagte er: »Mr Singwad ist gerade verhindert. Er kommt in einer halben Stunde zum vereinbarten Ort.« Ich dankte North und stieß wieder zu Foster. »Und?«, fragte dieser. »Er hat anscheinend gerade zu tun. Deshalb treffen wir uns erst in einer halben Stunde mit ihm in der Gasse Ecke Wild Street.«

Wir hatten bereits weit über zwei Stunden lang auf Singwad gewartet, als wir beschlossen, zur Botschaft zurückzukehren und uns nach ihm zu erkundigen. Drei schwarze Fahrzeuge versperrten die Zufahrt, als wir die Kreuzung zum Botschaftsgebäude überquerten. Etwa ein Dutzend Männer in Uniform standen auf dem Platz vor der Botschaft, drei weitere an der Pforte. Als wir näherkamen, war North als einer der Männer auszumachen. Ein mulmiges Gefühl ernüchternder Vermutung überschattete meine von der unerwarteten Situation überrumpelten, wild durcheinander fließenden Gedankengänge. »Ich befürchte fast, Mr Singwad wird heute nicht mehr mit uns sprechen.«, murmelte ich, mehr zu mir selbst, meinen Gang leicht beschleunigend. Foster verstand und ein Ausdruck tiefer Bestürzung zeichnete sich auf seinem Gesicht ab.

North hatte uns bereits gesehen und winkte uns zu sich. Sein ernster Gesichtsausdruck bestätigte meine Vermutung, ohne, dass North überhaupt ein Wort mit uns gewechselt hatte. Er führte uns an eine Stelle, an der er zwar im Notfall gesehen und gerufen werden konnte, jedoch niemand unser Gespräch mitverfolgen konnte. »Was… ist passiert, Kyle?«, fragte Foster mit leicht zitternder Stimme. North holte tief Luft, dann begann er zu erzählen: »Nachdem ihr beide gegangen wart, hatte ich erwartet, dass Mr Singwad sich abmeldet, bevor er aufbricht, um sich mit euch zu treffen. Natürlich nicht offiziell, aber zumindest diskret bei mir. So war es ausgemacht, damit ich im Falle eines unangemeldet auftauchenden Besuchers etwas erfinden konnte, das seine Unabkömmlichkeit erklären würde. Etwa eine Stunde, nachdem ihr aufgebrochen wart,…«, damit meinte er mich, »… habe ich in seinem Büro angerufen. Als er nach mehrmaligen Klingeln nicht dranging, rief ich seine Sekretärin an, um mich, gespielt beiläufig, zu erkundigen, wo ihr Chef sei. Sie wusste es nicht, also wies ich Clayton…«, dabei zeigte er auf einen bulligen Mittvierziger, der sich gerade mit einem der Polizisten an der Pforte unterhielt, »… an, die Stellung zu halten. Da auf mein Klopfen nur eisige Stille folgte, versuchte ich, die Türe mit meinem Generalschlüssel zu öffnen - Vergeblich. Der Schlüssel steckte von innen, die Tür fest verschlossen. Mir blieb nichts Anderes übrig, als einen der Schutzmänner zu Hilfe zu rufen. Mit vereinten Kräften brachen wir die Türe auf. Das Bild, das uns im Inneren erwartete, übertraf alle Befürchtungen: Singwads Leiche lag mit grotesk verzogenem Gesichtsausdruck auf dem Boden, um seinen Hals eine Kette gewickelt.« - »Das Kollier.«, sagte ich, inzwischen vor entsetzter Erkenntnis vollkommen erblasst. »Das Kollier der sieben Blutmonde.«, bestätigte North.

Kapitel 6

Die Nachricht vom mysteriösen Tod eines hochrangigen Diplomaten machte in der darauffolgenden Woche schnell die Runde. Der Medienrummel sorgte für immer abstrusere Auswüchse der Geschichte; die Vermutung, Singwad habe sich selbst umgebracht, da er für den Juwelenraub im Juweliergeschäft *Reeves* verantwortlich war und nicht mit der Schuld leben konnte, war die schlechthin populärste darunter. Beflügelt wurden diese immer wilder ausfallenden Theorien von den publik gewordenen Einzelheiten des Falles, die auch Foster und mir ein Rätsel waren. Die von innen verschlossene Bürotüre war da noch eines der leichter beantwortbaren Rätsel. Während unseres Besuches in der Botschaft war mir aufgefallen, dass sich der Schlüssel in der Türe des Büros nicht mehr drehen ließ. Offenbar hatte ein Fremdkörper dafür gesorgt, dass das Schloss klemmte. Nachdem es North unter Anwendung einiger Gewalt gelang, Schlüssel und Schloss voneinander zu trennen, verstand ich, wie der Täter es angestellt hatte, den Eindruck zu erwecken, Singwad selbst hätte die Türe abgeschlossen: Der Delinquent hatte nach getaner Arbeit die Türe von außen verschlossen, dann den Schlüssel mithilfe eines Fadens, den er später mit einem Streichholz soweit erhitzte, dass lediglich ein kleiner Rest davon am Schlüssel zurückblieb, von außen ins Schloss gezogen. Viel interessanter waren jedoch ganz andere Fragen; zum Beispiel hatten die Polizisten bis jetzt noch keine Erklärung dafür gefunden, wie eine fremde Person die Botschaft überhaupt unbemerkt hätte betreten können. Die Sicherheitsvorkehrungen waren auf Anraten des Diplomaten über die letzten Monate hinweg derart verschärft worden, dass dies so gut wie unmöglich war; da Mr Singwad zu unserem ersten Treffen aber ebenfalls völlig unbemerkt aus der Botschaft gelangen konnte, musste es noch einen anderen Weg ins Innere der Botschaft geben. Trotz unserer Kontakte zur Polizei gelang es uns nicht, eine Zugangserlaubnis zum Tatort zu erhalten. Es handele sich um ›einen Fall höchsten nationalen Interesses‹, weswegen ›nicht einfach so ein drittklassiger Ex-Polizist und sein mediengieriger Detektiv-Kollege Zugang gewährt werden dürfe‹. Das sichere Haus, in dem Ms Wallace und Mrs Singwad untergebracht worden waren, war noch am gleichen Tag geräumt worden. Kein einziger Hinweis ließ vermuten, dass überhaupt jemand in diesem Haus gelebt hatte, seitdem die vormaligen Besitzer das Haus vor zwei Jahren verlassen hatten. Keine Nachrichten, rein gar nichts. Uns wurde nahegelegt, uns aus der Sache rauszuhalten, falls wir weiterhin als freie Bürger in England leben wollten.

Die Sache sei ›vielleicht eine Nummer zu groß für Sie‹, hatte Field noch am Tatort gesagt.
Wir waren kurz davor, die Bearbeitung des Falles zu den Akten zu legen und Mrs Reeves über unser Versagen zu informieren, als das Telefon klingelte. Ich hob den Hörer ab und meldete mich: »Edmund Stucky am Apparat.« - »Guten Morgen, Mr Stucky. Wie geht es ihnen?«, fragte die Stimme am anderen Ende. Da ich in Anbetracht der Niederlage weder Lust noch Zeit für Plattitüden hatte, überging ich die Frage: »Weshalb rufen sie an, Mr North?« - »Ich wollte mich erkundigen, ob sie weitere Erkenntnisse im Mordfall Singwad haben. Ich könnte ihnen nämlich unter Umständen weiterhelfen.« Der aufgestaute Frust der letzten Woche, der uns fast dazu gebracht hatte, unsere Prinzipien zu verraten, wich nun binnen weniger Sekunden der altbekannten Neugier: »Sie hören mich gespannt. Was haben sie für uns?« Man konnte North förmlich zufrieden lächeln hören. »Sehen sie, während man ihnen Beiden im Laufe der letzten eineinhalb Wochen vehement jeglichen Zugang untersagte, ließ man mich frei gewähren. Und vor etwa einer Stunde habe ich die Nachricht erhalten, dass sämtliche Polizeikräfte auf Empfehlung der indischen Obrigkeit persönlich abgezogen wurden. Es scheint so, als wären die indischen Befehlshaber nicht gerade erfreut über den Medienrummel um Singwads Tod. Ein gemeinsamer Freund von Mr Foster und mir machte mir

gegenüber schon gestern klar, dass die offizielle Todesursache Tod durch Autostrangulation lauten wird; diese Einschätzung sei zu gleichen Teilen auf Anraten des britischen Diplomaten in Indien und den Erkenntnissen der Ermittlungen und Obduktion zustande gekommen. Was für sie aber deutlich relevanter sein dürfte, ist die Tatsache, dass derzeit nur ein Mensch in London in Besitz der Schlüssel zur indischen Botschaft ist - ich. Folglich bestimme vorerst ich, wer Zugang gewährt bekommt und wer eben nicht. Falls sie also nichts dagegen hätten, würde ich sie und Foster gerne zu einem kleinen Rundgang einladen.« Es fiel mir schwer, das eben Gehörte zu fassen - noch wenige Stunden zuvor hatte Foster vorgeschlagen, Abstand von den Ermittlungen zu nehmen und, wenn ich ehrlich sein sollte, war ich kurz davor gewesen, ihm Recht geben. »Mr North, ich bin ihnen etwas schuldig. Wir werden gegen fünf an der Botschaft sein.«

Sowohl die Pforte, als auch der Haupteingang waren noch immer von Absperrbändern umsäumt. Ohne die luxuriösen Limousinen und das Sicherheitspersonal vor dem für das 20. Jahrhundert typisch groß ausgefallenen Gebäude büßte die Szenerie ein wenig ihrer respekteinflößenden Atmosphäre ein - die Straßenbarrieren, die inzwischen an den Fahrbahnrand gestellt worden waren (vermutlich, um sie in den nächsten Tagen abzuholen), waren die einzig sichtbaren Mahnmale, die an die Geschehnisse der letzten Tage erinnerten. North wartete bereits an einem der Nebeneingänge auf uns, wobei er sicherstellte, das Tor sorgfältig abzuschließen, nachdem wir eingetreten waren. Foster ging voraus, als wir das Büro Singwads erreicht hatten. »Meine Herren, ich möchte sie darauf aufmerksam machen, dass die Reinigung dieses Raumes bereits von höherer Ebene in die Wege geleitet worden war, sodass ich nichts mehr tun konnte, um eventuell relevante Spuren zu sichern. Die einzige Dokumentation in Form von Lichtbildern liegt derzeit auf dem Schreibtisch des leitenden Inspectors.« - »Und das ist wer, wenn ich fragen darf?«, fragte ich. »Ein gewisser Sebastian Field, der auch die hiesige Polizeidirektion leitet.«, antwortete North, »Kennen sie ihn?« - »Wir sind uns das ein oder andere Mal über den Weg gelaufen, als ich in beratender Funktion für das Yard tätig war.« Er nickte. Ich kannte Field gut genug, um zu wissen, dass er ein regeltreuer Mensch war. Wir hatten vorerst also keinerlei Chance, an die für die Ermittlung unter Umständen essentiellen Lichtbilder zu gelangen. Ich trat nach Foster in den Raum ein, dessen Zustand nicht vermuten ließ, dass hier noch vor wenigen Tagen ein für Großbritanniens Außenpolitik desaströser Todesfall stattgefunden hatte und ließ meinen Blick über den Schreibtisch wandern. Die gesamte Situation fühlte sich surreal an, mein Verstand wollte nicht hinnehmen, dass nur wenige Tage vergangen waren, seitdem wir Singwad das letzte Mal gesprochen hatten – nun, da er tot war, fehlte jede Spur von den beiden einzigen Menschen, die uns Auskunft über das hätten geben können, was Singwad bisher verschwiegen hatte, jegliche Hinweise hatte die Polizei beseitigt und für uns unerreichbar archiviert und selbst der Zugang zur Botschaft schien uns nicht sonderlich weit zu bringen. Uns fehlten einfach die für weitere Schlüsse nötigen Anhaltspunkte. »Sie haben nicht zufällig auch die Schlüssel für die Schreibtischschublade hier?«, erkundigte sich Foster. North hob seinen Schlüsselbund und ließ die Finger langsam durch die Schlüssel gleiten, bis er einen von ihnen festhielt, der wie ein kleiner Blechstift aussah. Er bat Foster zur Seite und kniete sich vor dem antiken Möbelstück nieder. Es klickte und er zog die Schublade heraus. Foster sah kurz hinein und hob dann triumphierend einen quadratischen Gegenstand heraus. »Die Legende des Tigers«, las er vor. Tatsächlich. Offenbar hatte Singwad weitaus mehr gewusst, als er uns gegenüber zugegeben hatte. Mr North schien nicht recht zu verstehen, weshalb ich ansetzte, zu erklären: »Sehen Sie, Mr North, die *Legende des Tigers* ist uns nicht unbekannt. Ein identisches Exemplar wurde vor etwa zwei Wochen bei einem Einbruch in meiner Wohnung hinterlassen – im Grunde handelt es von der metaphorischen Tötung Indiens durch unsere Kolonialpolitik. Es scheint, dass sie die Grundlage einer nationalistischen Sekte ist, deren

Machtausübung bis in tiefste Regierungskreise reicht. Das zumindest ist der Eindruck, den die gesamte Vorgehensweise im Todesfall Singwad vermittelt.« North wirkte völlig entgeistert. »Und jetzt denken Sie, Singwad war Teil dieser Sekte?«, fragte er, »Niemals. Nein, das kann ich mir nicht vorstellen.« Foster schaltete sich ein: »Erst einmal bedeutet es nur, dass er von der Existenz dieser Bewegung wusste. Seine Kooperation mit uns beiden bedeutete schließlich, dass wir früher oder später auf die Sekte stoßen würden. Warum also dieses Risiko eingehen, wenn man ja gerade vertuschen will, dass es diese Sekte gibt oder man Teil eben jener ist?« - »Er konnte aber genauso gut auch davon ausgehen, dass wir auch ohne seine Hilfe auf sie stoßen würden. Auf diese Weise konnte er wenigstens sicherstellen, dass er über unseren Ermittlungsstand auf dem Laufenden gehalten wurde. Sein offenes Vertrauen hat uns unvorsichtig werden lassen, er wusste quasi genauestens Bescheid.« North, der ein enger Vertrauter Singwads gewesen war, hörte unseren Mutmaßungen geschockt zu. Er hatte sich auf das Sofa vor dem Büro gesetzt und das Gesicht in den Händen vergraben: »Ich kann es nicht glauben, niemals hätte er...« - »Niemals hätte er *was*?«, fragte Foster, »Kyle?« - »Er hatte regen Kontakt zu einem Professor der Theologie, einem Dr. William Moore. Ich war natürlich nicht bei sämtlichen Gesprächen anwesend, aber Dr. Moore erwähnte oft einen ›Tiger‹, dessen

›Flamme noch nicht gänzlich erloschen‹ sei. Moore war außerdem der Einzige, bei dem er nicht nach der Anwesenheit mindestens eines Leibwächters verlangt hatte, was äußert seltsam für den sonst eher übervorsichtigen Mr Singwad war.« »Dr. Moore war ein Bekannter Singwads?«, fragte ich erstaunt. »Wenn Singwad Moore kannte, muss er ihm alles erzählt haben. Von unseren Ermittlungen, von unserem Plan, bei Professor Reichs die Schriftproben analysieren zu lassen, einfach alles, was wir Singwad gutgläubig erzählt haben.«, sagte Foster, während er auf den Bürostuhl sackte, die lähmende Erkenntnis ins Gesicht geschrieben. »Wenn Singwad Moore wirklich alles erzählt hat, muss Dr. Moore auch wissen, wo Ms Wallace und Singwads Gattin jetzt sind. Zumindest, falls Singwad für den Falle seines Todes eine Ausweichunterbringung organisiert hat. Wir müssen unbedingt mit ihm sprechen!«, rief ich. »Nein, Stucky. Keine Alleingänge mehr. Wir müssen Field informieren.«, antwortete Foster. »Wir wissen nicht, wem wir trauen dürfen. Auch Field ist verpflichtet, seinen Vorgesetzten Meldung zu erstatten. Gerade in einem derart brisanten Fall. Das dürfen wir nicht riskieren.«, warf ich ihm entgegen. »Es tut mir leid.«, sagte Foster. Beschämt sah auf den Boden. »In Ordnung. Dann gehe ich eben alleine.« Foster rief mir noch etwas nach, als ich den Gang entlang in Richtung Ausgang lief, doch ich hörte es nicht mehr.

Das Institut zu Fuß zu erreichen war beim regen Verkehr um diese Zeit eine zeitraubende Angelegenheit, weshalb ich deutlich länger als sonst benötigte, um dort anzukommen. Ohne die bösen Blicke der von mir vollkommen übergangenen Eingangsdame zu beachten, nahm ich die Treppe in das zweite Stockwerk. Die Tür zum Büro des Professors war nur angelehnt, als ich sie erreichte. Ohne zu Klopfen öffnete ich sie. Professor Dr. Moore war gerade dabei, einen theologischen Lehrband zu lesen, dessen Titel ich nur in Fetzen erkennen konnte. Er blickte über seine Brille hinweg zu mir herauf und legte das Buch zur Seite. Das Gesicht zu einem bösartigen Lächeln verzogen, sagte er: »Mr Stucky, schön sie zu sehen. Setzen sie sich doch.« - »Nein, danke.« - »Aber ich bestehe darauf.« Ärgerlich seufzend zog ich einen der beiden Stühle vor dem Schreibtisch heran und setzte mich widerwillig. »Ich habe sie bereits erwartet. Aber das haben sie sich wahrscheinlich bereits gedacht. Sehen sie,…«, er hielt inne, während er aufstand und um den Tisch herumging, um sich auf eine der Kanten zu setzen, »… sie haben mich und meine Leute ganz schön auf Trab gehalten mit ihren Ermittlungen. Die ganze Zeit schon frage ich mich, warum eigentlich?« - »Wie darf ich ihre Frage verstehen?«, fragte ich. Er antwortete: »Ich meine, warum haben sie die Ermittlungen überhaupt aufgenommen?« Von der Frage überrascht antworte ich: »Unsere Klientin informierte uns, dass bei einem Raub in den Räumlichkeiten ihres Geschäfts ein mehr oder minder wertvolles Schmuckstück abhandengekommen und darüber hinaus ihr Mann bei diesem Raub angeschossen und später aus dem Krankenhaus entführt worden war.« Er seufzte leise und fragte: »Eine Mrs Reeves, nehme ich an?« Zögerlich bejahte ich. »Sieh an, wie ein solch kleiner Schönheitsfehler in der Ausführung eines Planes zur Gefahr für das große Ganze werden kann. Wie auch immer, sie sind sicher hier, weil sie auch einige Fragen an mich haben?« - »In der Tat.«, begann ich, »Da sie bereits so offen waren, erspare ich mir großes Herumgerede: Wo sind Ms Wallace und Mr Singwads Gattin?« Sein Lächeln verzog sich zu einem Ausdruck, der wie eine Mischung aus Häme und Bedauern wirkte. »Ms Wallace hat es vorgezogen, sich fortwährend gegen meine Männer zu wehren, was – leider Gottes – eine sofortige Beendung dieses Missstandes erforderte.« Wütend stand ich auf. »Setzen sie sich.«, sagte er autoritär. »Mr Stucky, es ist nicht so schlimm, wie sie vielleicht meinen mögen. Aber um auf ihre Frage zurückzukommen: Ich kann ihnen natürlich *nicht* verraten, wo die beiden Frauen derzeit sind. Das würde nicht nur Sie, sondern ausnahmslos alle an der Sache Beteiligten mehr als unglücklich machen.« - »Wer hat Singwad getötet?«, schob ich nach. »Eine weitere Frage, die ich unter normalen Umständen nicht beantworten würde, aber da ich mir sicher bin, dass ihr Verstand sie ohnehin in naher Zukunft zu dieser Vermutung geführt hätte, sehe ich mich im Stande, ihnen dieses eine Mal Auskunft zu erteilen: Die einzigen Menschen, die uneingeschränkten Zugang zu Singwad hatten, waren…« Ich unterbrach ihn: »Lediglich sie und natürlich die Leibgarde Singwads.« Professor Moore schien sich zu freuen: »Sie sind brillant, Mr Stucky. Wirklich, ich schätze ihre Auffassungsgabe enorm - schade, dass wir uns unter solch unerfreulichen Umständen haben kennenlernen müssen. Nichtsdestotrotz: So gerne ich weiter mit ihnen plaudern würde, sehe ich mich gezwungen, mich nun von ihnen zu verabschieden.« Er stand auf und packte das Buch, das er zuvor gelesen hatte. Da ich wie versteinert sitzen blieb, sagte er: »Es steht ihnen frei zu gehen. Weder ich, noch meine Männer werden ihnen oder Mr Foster etwas tun.« Mein Blick musste mich verraten haben, denn er fuhr fort: »Sehen sie, ihre Auffassungsgabe ersetzt leider keine Beweise. All ihre Schlussfolgerungen sind eben nur das, was sie sind: Unbeweisbare Vermutungen. Richten sie Mr Foster Grüße aus!« Ohne ein weiteres Wort zu sagen verließ er das Büro und ging, die Melodie irgendeines bekannten Country-Liedes pfeifend, zu seiner nächsten Vorlesung. Ich blieb wie angewurzelt sitzen. Moore hatte Recht: Ich hatte nichts gegen Ihn oder seine Lakaien in der Hand. Ich wusste noch nicht einmal, wer seine Anhänger waren.

Ich stand auf und rief ihm nach: »Professor Moore? Eine Frage hätte ich noch – Wo ist das Kollier jetzt? Ich nehme an, sie haben es nicht der Polizei überlassen.« Moore blieb stehen, während ein Student die Türe zum Treppenhaus öffnete. Als dieser verschwunden war, drehte sich der bärtige Mann langsam zu mir um und sagte dann: »Das Kollier hat seinen Dienst getan, Mr Stucky. Es hat seinen achten und letzten Krieg gewonnen.« Mit diesen Worten wandte er sich von mir ab und lief weiter in Richtung Vorlesungssaal. Wenige Sekunden später war er hinter der nächsten Ecke verschwunden.

Die nächsten Tage verstrichen ohne nennenswerte Vorkommnisse, die zu weiteren Erkenntnissen geführt hätten. Ich beantwortete weder Anrufe, noch öffnete ich die Türe. Zu vertieft war ich in *Die Legende des Tigers*. Je weiter ich las, desto besser verstand ich, weshalb einer ganzen Bewegung eben jenes Buch zur Grundlage wurde. Es beschrieb plastisch anhand der Metapher des Tigers die Kolonialisierung Indiens und die Unterjochung seiner Bevölkerung, nur eben auf eine Art und Weise, die die diplomatischen Beziehungen zu den ehemaligen »Besatzern« als etwas von Grund auf Schlechtes darstellte; etwas, dessen Beendigung einer weiteren Freiheitsbewegung bedurfte, die im Zweifelsfall auch gewaltbereit in den Kampf gehen sollte. Ein »Kampf in den inneren Reihen« wurde zum Gegenstand des gesamten zweiten Kapitels. Wie dieser zu führen sei, um größtmögliche Sicherung des territorialen Anspruches zu erreichen, also »des Tigers Stärkung durch Stärkung seiner alten Heimat« voranzutreiben, welche Mittel legitim seien (»Der, der nur Zähne hat, wird den Krieg nicht gewinnen. Der, der mit ihnen aber zu reißen weiß, hat den Feind bereits besiegt.«) und wie nach »Wiedererrichtung der alten Ordnung« der »Tiger erneut zum König« aufsteige. Die Faszination, die diese hervorragend geschriebenen Texte auf den Leser ausüben mussten, ließ sich nicht bestreiten. Ich hatte sämtliche Seiten mit Querverweisen gefüllt, hatte die historischen Fakten mit der bildhaften Erzählung des Buches verglichen, Notizen zu möglichen Parallelen in der Vorgehensweise im direkten Umfeld unserer Ermittlungen festgehalten und versucht, etwas über die Bewegung selbst herauszufinden - zwecklos, wie sich herausstellte. Die Sekte war bisher offenbar nicht öffentlich in Erscheinung getreten oder hatte, was deutlich wahrscheinlicher war, einfach kein erkennbares Muster hinterlassen, das einen Rückschluss auf die Bewegung zuließ. Ich begann, mir Gedanken darüber zu machen, wer denn eigentlich Teil der Bewegung war. Professor Moore hatte seine Mitgliedschaft mir gegenüber quasi offen zugegeben, bei Mr Singwad war ich mir jedoch nicht sicher. War er ein aktives Mitglied, unliebsamer Aussteiger oder wusste er einfach nur von der Bewegung und war deshalb in Besitz der Legende des Tigers? Ob nun ein Teil der britisch-indischen Regierung ebenfalls zur Bewegung gehörte, spielte für unsere Ermittlungen eine eher untergeordnete Rolle, zumal sich niemals beweisen lassen würde, wer genau letztendlich an der Vertuschungsaktion beteiligt gewesen war. Auch über das Ziel der weiteren Recherche dachte ich lange nach. Einerseits würde die Aufklärung Singwads Tötung nahezu unmöglich durch die Vertuschung seitens der Londoner Polizei, andererseits waren wir es dem Diplomaten schuldig, seine Todesumstände offen zu legen und den Tätern ihre verdiente Strafe zuteilwerden zu lassen. Fest stand, dass das Wohl der Lebenden zuallererst gesichert werden musste, also Mr Reeves, Ms Wallace und Mrs Singwad gefunden und in Sicherheit gebracht werden mussten. Wobei, je mehr ich darüber nachdachte, desto unsicherer wurde ich mir in Bezug auf Mr Reeves' Rolle in dieser Sache. Seine Frau meinte, niemand außer ihr und Ms Wallace hatte vom Aufbewahrungsort des Kolliers wissen können - War sie dieser Ansicht, weil sie mit niemandem sonst darüber gesprochen hatte, oder vielmehr, weil sie ihren Gatten niemals hätte verdächtigen wollen?

Es vergingen einige weitere Tage, bis Foster vor meiner Tür stand. Hysterisch klopfte er gegen meine Haustüre und schrie: »Stucky, ich bitte Sie! Machen sie endlich auf, ich muss mit ihnen sprechen!« Genervt ging ich zur Tür und öffnete ihm. »Danke.«, raunzte er, als er, der Mantel durchnässt vom Regen, eintrat. Er zögerte, als er mich ansah: »Sehen Sie, ich habe mir die Sache durch den Kopf gehen lassen, die Umstände und die Möglichkeit, diesen Fall doch noch ohne weitere Gefahr zu lösen. Und obwohl ich noch immer der Meinung bin, dass die bisherigen Geschehnisse uns eine Warnung hätten sein sollen, finde ich…« Ich nickte und er beendete den Satz nicht mehr. Ich bedeutete ihm, mir ins Wohnzimmer zu folgen, wo ich eine Schreibtafel aufgestellt hatte, auf der ich die letzten Tage meine Erkenntnisse festgehalten und übersichtlich in Kontext gestellt hatte. »Ich habe die letzten Tage genutzt, um mir einen Überblick über die *Legende des Tigers* zu verschaffen.«, kommentierte ich das Tafelbild. Er antwortete, gebannt auf meine Notizen starrend: »Ich sehe es. Diese Striche hier…«, er zeigte auf die Verbindungslinien zwischen Ausschnitten aus dem Buch zu historischen Ereignissen, »… bedeuten, dass ein Zusammenhang zwischen der bildhaften Aussage des Buches und realen historischen Geschehnissen besteht?« Ich nickte: »Ja, wenn auch grob verzerrt. Der Autor nutzt die bildhafte Sprache, um ein tiefschwarzes Bild von Großbritannien und seinen heutigen Einwohnern zu zeichnen und generell werden einige Szenen stark von der Wirklichkeit entfernt beschrieben. Aber im Großen und Ganzen stimmt das

Meiste.« - »Sie sehen mich erstaunt, Edmund. Und sie halten den verrückten Professor, der nicht mit uns sprechen wollte, für ein Mitglied der Sekte?« Ich erzählte von meiner Begegnung und Professor Moores Bekenntnis zur Bewegung, woraufhin Foster nachdenklich auf die Tafel zu starren begann. Um die darauffolgende Stille zu unterbrechen, fragte ich: »Als sie klopften, meinten sie, sie müssten mit mir sprechen?« - »Ach ja, natürlich. Auch ich war die letzten Tage nicht ganz untätig. Ich habe mir, mithilfe alter Kontakte, einige Informationen zum Todesfall Singwad besorgt.« Er setzte sich in den lederbezogenen Ohrensessel und fuhr fort: »So habe ich in Erfahrung bringen können, wen das Yard, wenn auch nur unter vorgehaltener Hand, da die Ermittlungen offiziell als beendet gelten, für den Täter hält.« Fragend sah ich ihn an. »Sehen Sie, es gab nur zwei Leibwächter, die tatsächlich direkt zur Leibgarde unseres Botschafters gehörten und an diesem Tag Dienst hatten. Ein Mason Walsh, der für die vermutete Tatzeit, beziehungsweise die vermutete Zeit der Selbsttötung, ein Alibi hat, da er sich auf dem Gang während des Dienstwechsels der anderen Leibwächter mit einigen von ihnen unterhielt, und einen Mr Bray, der, wenn man dem Bericht des Yards Glauben schenken darf, vor dem Büro des Diplomaten Wache gehalten hatte. Eine Reinigungskraft, die zur fraglichen Zeit die Räumlichkeiten neben Singwads Büro putzte, meinte jedoch, niemandem begegnet zu sein, als sie die Reinigungsutensilien zurück zur Putzkammer brachte. Dass, obwohl diese Aussage zu Protokoll genommen wurde, nicht weiter in diese Richtung ermittelt wurde, erscheint mir höchst seltsam, meinen sie nicht auch?« Ich konnte Foster nur zustimmen. Das Verhalten der Ermittler schien generell wenig wirksam, geschweige denn strategisch, was Singwads Tod betraf. »Wir sollten Mr Bray sprechen, um unsere Vermutung zu überprüfen.«, sagte ich. Foster schüttelte den Kopf: »Das habe ich schon versucht. Mr Bray ist noch am Tage des Vorfalls verschwunden. Zudem war er weder der Sicherheitsfirma, die die Angestellten für alle indischen Regierungsräumlichkeiten in ganz England überprüft und betreut, noch den in der Personalakte angegebenen Kontaktpersonen bekannt. Ich habe versucht, seine Frau ausfindig zu machen, aber auch deren Existenz scheint reine Fiktion zu sein, denn dem Londoner Wohnungsamt lagen keine Unterlagen zu einer Martha Bray im angegebenen Bezirk vor.« - »Mr Bray ist also Teil der Sekte oder wurde zumindest angeheuert, Singwad zum Schweigen zu bringen.«, sagte ich und notierte das eben Gesagte stichpunktartig auf der Tafel.

Es vergingen Stunden, bis Foster mir von allen Erkenntnissen der letzten Tage berichtet hatte - er hatte unter anderem in Erfahrung bringen können, dass der verschollene Mr Reeves insgeheim monatliche Zahlungen an einen unbekannten Empfänger geschickt hatte, dessen Bankkonto kurz nach Reeves' Entführung aufgelöst worden war. Da wir Mrs Reeves seit Aufnahme des Falles immer wieder über den aktuellen Ermittlungsstand informiert hatten, stellte sich uns nun die Frage, ob es wirklich richtig wäre, ihr diese Information vorzuenthalten oder sie damit zu belasten. Wir entschlossen uns, auch aus strategischen Gründen, diese Erkenntnis vorerst für uns zu behalten. Dies würde zugleich verhindern, dass die resolute Mrs Reeves unnötig Staub aufwirbelte, falls sie sich bei ihrer Bank genauer erkundigen wollte. Wir beschlossen, uns während der Ermittlung zunächst auf den Aufenthaltsort der beiden Frauen, Ms Wallace und Mrs Singwad, zu konzentrieren. Um deren Verschwinden aufzuklären, erschien es uns taktisch sinnvoll, uns bei den Bewohnern rund um das ehemals »sichere« Gebäude zu erkundigen. Irgendwer musste bemerkt haben, dass all die Sicherheitsleute mitsamt der Bewohner in einer Nacht und Nebelaktion verschwunden waren.

Die Fahrt dauerte nur etwa eine halbe Stunde. North war so nett, uns zu chauffieren - Derzeit trauten wir niemand anderem und da North durch die derzeitige Stilllegung des Botschaftskomplexes keine Beschäftigung hatte, war es ein Leichtes für ihn, die Zeit zu finden, uns ein wenig herumzufahren. Wir hatten beschlossen, uns aufzuteilen, um die Befragung der Nachbarn, falls man die Bewohner rings um die geheime Unterkunft der Frauen so nennen konnte, die vermutlich nicht einmal wussten, dass dort kürzlich jemand untergekommen war, erheblich zu beschleunigen. North und Foster übernahmen die Straße, die in einer Kurve rund um das Grundstück des vermeintlich sicheren Hauses führte, ich befragte die Bewohner der Reihenhäuser an der Straße direkt vor dem Haupteingang des Hauses.

Die Befragung bestätigte letztlich nur meine Vermutung, dass man von den neuen Nachbarn weder gehört, noch überhaupt bemerkt hatte, dass jemand in das Haus gegenüber eigezogen war. North hatte zwar mit einem Anwohner gesprochen, der meinte, beobachtet zu haben, wie am Tage der Ermordung Singwads frühmorgens zwei schwarze Kastenwagen die Einfahrt heraufgefahren waren; durch die Dunkelheit hatte er jedoch nichts erkennen können, was Aufschluss über die Fahrer der Wagen hätte geben können. Ein wenig enttäuscht, obgleich wir ein ähnliches Ergebnis erwartet hatten, trotteten wir zurück zu Norths Wagen und fuhren zu Foster, um uns dort über die weitere Vorgehensweise Gedanken zu machen. Auf der Veranda des kleinen Hauses, welches Foster nach dem Tod seiner Frau gekauft hatte, um seiner Dienstwohnung und den mit ihr verbundenen schmerzlichen Erinnerungen zu entkommen, stand eine ältere Person, die zu uns herübersah, als wir die Türen des schwarzen Bentleys zuschlugen und auf Fosters Eigenheim zugingen. Zögerlich erhob sie die Hand zum Gruß, als wir nähergekommen waren: »Sind sie Edmund Stucky und George Foster?« Wir nickten beide, während North, unsicher, wie er reagieren sollte, ein wenig betroffen zu Boden sah. Ein Schimmer von Erleichterung huschte über ihr zierliches Gesicht, als wir uns als die herausstellten, die sie offenbar gesucht hatte. Foster bot ihr an, sich auf einen der Korbstühle zu setzen, was sie jedoch freundlich ablehnte: »Nein, danke. Ich will sie gar nicht lange stören, es ist nur so… Ich habe diesen Zettel gefunden, auf dem steht, dass sich der Finder mit ihnen in Verbindung setzen soll.« Sie breitete ein verdrecktes Stückchen Papier auf dem Tischchen vor ihr aus, auf dem deutlich die Reifenspuren mehrerer Fahrzeuge zu erkennen waren. Nun war auch North neugierig geworden. Er beugte sich leicht vor, um ebenfalls einen Blick auf den Fetzen Papier werfen zu können. Durch die Verschmutzung und zahlreiche Risse war es schwer, die Nachricht darauf zu entschlüsseln, mithilfe einer Lupe und unter Aufwendung einiger Anstrengung jedoch war es möglich, zumindest einige Wortfragmente zu erkennen.

Hilfe-
Entführt! Fahren Richtung Chigwell
Kontaktieren: Edmund Stucky, George Foster

Keine Polizei

»Wo haben sie den Zettel gefunden, Ms…« - »Porter, Elisa Porter. Der Zettel lag auf dem Gehweg vor meinem Haus, ich wohne in der Woodfort Avenue - Zuerst hielt ich die ganze Sache für einen Streich, doch als ich ihre Namen las… Ich verfolge seit geraumer Zeit ihre Ermittlungsarbeit, lese jeden Artikel und wollte mir die Chance nicht entgehen lassen, sie endlich einmal persönlich kennen zu lernen, wenn sie mir die Ehrlichkeit verzeihen.« North sah belustigt drein, als wir verlegen lächelten. Die ältere Dame schien es eilig zu haben, denn wenige Augenblicke später verabschiedete sie sich bereits. Wir dankten ihr und setzten uns auf die Veranda, nachdem sie sich auf ihr Fahrrad gesetzt hatte und hinter der Hecke des Nachbarhauses verschwunden war.

North begann: »Chigwell also, hm? Halten sie die Nachricht für echt, Stucky?« Das war eine Frage, die ich zum jetzigen Zeitpunkt nicht bestimmt beantworten konnte, weshalb ich zögerlich antwortete: »Ehrlich gesagt bin ich mir nicht sicher. Wir haben es mit einem Kult zu tun, der sein Unwesen offenbar überall dort treibt, wo uns die Ermittlungsarbeit hinführt, es besteht also durchaus die Gefahr, dass man uns mit diesem Zettel gezielt von der Spur abbringen oder in eine Falle locken will. Wir sollten auf jeden Fall vorsichtig sein.« - »Selbst, wenn nur die kleinste Chance besteht, Ms Wallace und Mrs Singwad zu befreien, ist es unsere Pflicht, diese Chance wahrzunehmen.«, warf Foster verantwortungsbewusst ein. North schien noch unentschlossen zu sein. Foster sprach weiter: »Nehmen wir einmal an, Chigwell sei das Ziel der Entführer, was jedenfalls nicht gerade unwahrscheinlich ist, wenn man bedenkt, dass die Straßen hinter Chigwell derzeit stärker durch die Polizei überwacht werden, seitdem vor wenigen Wochen ein Anschlag auf das örtliche Gasunternehmen vereitelt wurde. Rein strategisch wäre es demnach klüger, einen Ort in oder vor Chigwell als Angelpunkt für weitere Taten zu wählen. Welches Gebäude also würde sich überhaupt eignen, zwei entführte Frauen unterzubringen, von denen zumindest eine bewiesen hat, äußerst wehrhaft zu sein?« Norths Augen blitzten auf: »Die verlassene Schuhfabrik im Industriekomplex! Denken sie doch darüber nach, die gesamte Umgebung verlassen und ein großer Keller mit abschließbaren Arbeitsparzellen! Es würde mich nicht wundern, wenn diese Spinner dort sogar ihre Organisation abwickeln würden - es ist das perfekte Versteck für eine große Menge von Menschen, zumal das Industriegebiet so von der Außenwelt abgeriegelt ist, dass es nicht einmal auffallen würde, wenn dutzende Autos auf einmal die Straße hinauffahren würden.«

Kapitel 7

Chigwell war um diese Zeit besonders gut erreichbar, da der Berufsverkehr aus der Gegenrichtung kam, um letztlich in die Vororte zu strömen. So eröffneten sich vor uns noch leerere Straßen, als es hier ohnehin schon üblich war. Die Straße zum Industriegebiet war seit geraumer Zeit nicht mehr repariert worden, weshalb North darauf bestand, das Auto in der nächsten Ortschaft zu parken und dann zu Fuß die Straße zur Schuhfabrik hinaufzugehen. North hatte seine Dienstwaffe aus dem Handgepäck geholt und auch ich hatte meinen Revolver in die Manteltasche gesteckt. Zur Sicherheit, versuchte ich mir einzureden, doch mir war klar, dass die Situation mit hoher Wahrscheinlichkeit eine bewaffnete Konfrontation hervorbringen würde. Lediglich Foster war vollkommen unbewaffnet gekommen - schon als Polizist war er der Ansicht, Geschicklichkeit sei weitaus effektiver gegen einen bewaffneten Gegner als eine weitere Waffe; dies würde das Gegenüber nur unnötig verunsichern und es unter Umständen dazu veranlassen, deutlich früher zu schießen und damit die Möglichkeit der Nutzung des Überraschungseffekts verhindern. Da langsam die Dämmerung hereinbrach, wurde es immer schwieriger, das Gebäude in der Ferne zu erkennen. Auf halbem

Weg war es bereits gänzlich mit dem Dunkel des Horizonts verschmolzen, sodass man es nur mehr schemenhaft ausmachen konnte. Es dauerte weitere zehn Minuten, bis wir das mächtige Eingangstor erreicht hatten. Foster rüttelte vergeblich an einem verrosteten Vorhängeschloss, das das Tor fest mit einem der Stützpfeiler verband. Da niemand das nötige Werkzeug bei sich hatte, um das Schloss zu öffnen, tasteten wir uns einige Meter am Zaun entlang, bis wir auf eine Stelle stießen, die vermutlich mit einem Bolzenschneider aufgeschnitten worden war. Es war bereits dermaßen dunkel geworden, dass wir Schwierigkeiten hatten, ohne zu stolpern durch das Loch zu schlüpfen, welches von der Höhe her zu schließen von einer eher kleinen Person genutzt wurde. Foster quetschte sich als letzter fluchend hindurch und sagte, wütend flüsternd: »Ich denke, ich blute.« North flüsterte: »Wir sollten uns so leise wie möglich verhalten. Nur für den Fall.« Ich antwortete, ebenfalls darauf bedacht, zu flüstern: »Vor allem sollten wir uns beeilen, den Eingang zu finden, bevor es vollkommen dunkel geworden ist. Ich denke kaum, dass wir mit leuchtenden Taschenlampen unbemerkt hineingelangen werden!« Es dauerte ein wenig, bis ich den anderen leise zurief: »Hier!« Ich hörte das kaum vernehmbare Rascheln der Blätter, über die sie liefen. Hörte, wie North über eine Blechbüchse stolperte und sich gerade noch fing, wie Foster vorsichtig die Türklinke herunterdrückte und in das Gebäude huschte. Doch etwas ganz Anderes hatte meine Aufmerksamkeit geweckt; etwas, das wie eine geisterhafte Gestalt an einem der Fenster des ersten Stockwerkes vorbeigehuscht war, nur für den Bruchteil einer Sekunde. »Stucky, was machen sie denn noch da draußen? Kommen sie endlich und sehen sie zu, dass die Türe nicht ins Schloss fällt. Schließlich will niemand von uns die ganze Nacht in diesem Gebäude verbringen, richtig?«, flüstere North, der sich inzwischen auch durch die nur einen Spalt geöffnete Tür gezwängt hatte. »Pardon, ich hatte das Gefühl, etwas gesehen zu haben.«, entschuldigte ich mich und quetsche mich ebenfalls in das Gebäude, peinlich genau darauf achtend, eine meiner Visitenkarten in den Türrahmen zu stecken, um die Türe sicher offen zu halten, solange wir damit beschäftigt waren, das Gebäude zu durchsuchen. Die Taschenlampen waren mit kleinen Pappschirmen versehen, sodass nur schmale Lichtkegel entstehen konnten und uns das Licht nicht sofort verraten würde. Ich ließ den Schein meiner Taschenlampe vorsichtig über den Boden vor mir schweifen, um nicht versehentlich über die herumliegenden Brocken rissigen Putzes zu stolpern. Das kleine Vorzimmer, in das uns die Türe geführt hatte, wirkte unberührt. Der graue Teppichboden war von einer dicken Staubschicht bedeckt, einige Schränke waren offenbar unter ihrem eigenen Gewicht zusammengebrochen und waren auf die Möbelstücke um sich gefallen, aber es gab keine Anzeichen dafür, dass dieser Raum seit der Schließung des Fabrikkomplexes vor nunmehr fast 5 Jahren betreten worden wäre. Auf einem der noch intakten Schreibtische lag ein Bündel Zeitungen. Vermutlich hatte ein nur minder engagierter Zeitungsjunge sie hier abgelegt, um sich den langwierigen Weg durch die Siedlungen Chigwells zu ersparen. Ich leuchtete den Stapel an, um das Datum zu erkennen. *16.12.1961* stand darauf, zwei Jahre nach Schließung also. Vermutlich hatte man damals die Eingangstüre noch nicht mit einem Schloss versehen und erst später, womöglich sogar erst nach Kauf des Industriegebiets durch die Bank of England dafür gesorgt, dass der Wert der Immobilie nicht noch weiter durch heimatlose Tagelöhner gesenkt würde. Die Türe in die Produktionshalle war aus den Angeln gehoben und quer neben den Türrahmen gelegt worden, sodass North, mit gezogenem Revolver, in die hochgebaute Halle vordringen konnte. Foster, der North auf Schritt und Tritt folgte, um nicht den Anschluss zu verlieren, sah sich nun ebenfalls in der Halle um. Er leuchtete mit seiner Taschenlampe in eine kleine Arbeitsparzelle hinein, die in einer Nische in der Wand eingelassen war und bückte sich, um einen kleinen, visitenkartenförmigen Gegenstand aufzuheben. Es schien sich um etwas außerordentlich Interessantes zu handeln, denn als er aufstand, kam er mit freudigem Gesichtsausdruck zu uns zurück. Dabei vergaß er, den Lichtschein der Taschenlampe auf den Boden gerichtet zu halten, sodass sein Licht auf die Wände weit vor ihm fiel. Ein wenig zu weit, wie wir bereits Augenblicke später erfahren mussten.

Eine kleine, humpelnde Gestalt sprang hinter einem der Stützpfeiler hervor und, noch bevor wir überhaupt reagieren konnten, verschwand durch eine Tür an der Längsseite des Gebäudes. North rannte ihr hinterher, kehrte jedoch wenige Sekunden später schon wieder zu uns zurück. Vor Erschöpfung keuchend sagte er: »Die Tür… war offen… weg…« Foster wirkte ein wenig erheitert, als er meinte: »Ein wenig außer Kondition, hm? Keine Angst, ich habe schon so eine Ahnung, um wen es sich bei unserem geheimnisvollen humpelnden Freund handeln könnte.« North, noch immer hastig nach Luft schnappend, bemühte sich, seinem fragenden Gesichtsausdruck den nötigen Nachdruck zu verleihen. Foster schien den Moment der Erwartung zu genießen, denn er ließ sich viel Zeit, bis er endlich Anstalten machte, Norths Frage zu beantworten: »Wir sind uns doch einig, dass wir es von der Statur her mit einem Mann mittleren bis gehobenen Alters zu tun haben?« North nickte und ich begann langsam zu verstehen, auf wen Foster anzuspielen vermochte. »Auch das starke Humpeln dieses Mannes dürfte uns allen aufgefallen sein, richtig?« North unterbrach ihn harsch: »Nun sag schon endlich, George! Wir sollten hier nicht lange so offen herumstehen!« Ich kam Foster in der Entkräftigung dieser, wenn auch durchaus verständlicherweise zustande gekommenen Andeutung zuvor: »Niemand, der uns feindlich gesinnt ist, wird noch hier sein. Allein die Tatsache, dass unser geheimnisvoller Freund, wie Foster ihn eben nannte, vor uns flüchtete, widerspricht der Annahme, dass dieser nicht alleine die Stellung hier hielt.« - »Richtig.«, sagte Foster und fuhr mit seiner Erklärung fort: »Die humpelnde Schattengestalt ist mit an Sicherheit grenzender Wahrscheinlichkeit Mr Reeves, seines Zeichens Immobilienmakler und, deutlich bedeutungsvoller, Ehemann unserer Auftraggeberin Mrs Reeves.« North, welcher sich zur Erholung an eine der unverputzten Ziegelsäulen gelehnt hatte, stand mit geöffnetem Mund da, fast so, als hätte er vergessen, ihn wieder zu schließen, nachdem er nach Luft geschnappt hatte. Er fing sich und hakte nach: »Das willst du an seiner Statur und seiner Gangart erkannt haben?« Foster lächelte und antwortete: »Nicht nur. Deutlich verräterischer aber war der Patientenausweis, den er mitsamt seiner Krankenhausmontur in diese Ecke…«, er zeigte auf die kleine Nische, in die er vorhin im Vorbeigehen geleuchtet hatte, »… neben den Schlafsack gelegt hat, auf dessen Außenseite sich deutlich Blutspuren abzeichnen.« Er untermalte seine Schilderung, indem er auf den Bereich des Schlafsackes leuchtete, in dem sich sichtbar rotbräunliche Flecken abzeichneten. »Du siehst mich staunend, alter Freund.«, sagte North, dessen Atmung sich inzwischen wieder normalisiert hatte. »Woher aber kam dieser Reeves überhaupt? Er wird sich schließlich nicht die ganze Zeit über hinter dieser Säule versteckt haben.«, fragte er anschließend. »Ich denke, dabei kann ich behilflich sein.« Alle drei gleichermaßen erschrocken drehten wir uns um, North stand sogar mit gezogener Waffe da und zielte ins Dunkel. Vollkommen überrumpelt, dauerte es einige Sekunden, bis ich meine Lampe in die Richtung gerichtet hatte, aus der die Frauenstimme gekommen war. Vor uns stand eine lächelnde Ms Wallace, in der einen Hand eine Eisenstange haltend, in der anderen einen klimpernden Schlüsselbund. Hinter ihr hatte sich Mrs Singwad versteckt, deren Gesicht nun vorsichtig den Schutz der Dunkelheit verließ. Foster flüsterte dem vor Anspannung zitternden North zu: »Du kannst die Waffe wieder einstecken, wir sind schließlich wegen der beiden hier, schon vergessen?« - »Ja... ja, natürlich.« Er ließ den Revolver in das Holster gleiten und verschloss es mit einem kleinen Lederriemen. »Es ist schön, sie zu sehen, meine Herren.«, sagte die alte Dame.

Inspector Field schien nicht allzu begeistert darüber, dass wir erneut die Ermittlungen zu einem seiner Fälle entscheidend beeinflusst hatten. Zähneknirschend, wenngleich erleichtert über das Auffinden der beiden

Damen, sprach er mit North, der ihm schilderte, was genau passiert war. Ms Wallace und Mrs Singwad waren zu einem Rettungswagen gebracht worden, wo man sie untersuchte. Unterdessen suchte ein gutes Dutzend Polizisten die Halle ab. Man hatte den Immobilienverwalter des Industriegebietes angewiesen, die Stromversorgung des Gebäudes wiederherzustellen, sodass die größtenteils noch intakten Lampen an der Decke für ausfüllende Lichtverhältnisse sorgten. Auch der Keller, dessen Zugang nahe der Säule lag, hinter der Mr Reeves wohl einige Zeit ausgeharrt haben musste, wurde gründlich untersucht. North und Field schienen alle relevanten Punkte geklärt zu haben, denn ein grimmig dreinschauender Inspector Field deutete uns per Handzeichen an, zu ihnen zu stoßen. Ohne ein weiteres Wort zu verlieren, ging er voran. Er führte uns die Treppe hinunter in den Materialkeller der ehemaligen Schuhfabrik. Große Rollen verschiedener Textilien waren den langen Gang entlang aufgestellt und vermittelten den Eindruck, dass die Betreiber der Fabrik von der vorherrschenden Wirtschaftslage überrascht worden war. Field blieb vor einer großen Eisentür stehen und ließ sich von einem Beamten, der gerade Photos von eben jener Tür geschossen hatte, den Schlüsselbund geben, den man zuvor Ms Wallace abgenommen hatte. Field hielt die Türe auf und bedeutete uns, einzutreten. Er betrat als Letzter den muffigen Lagerraum, dessen Beleuchtung nur bedingt funktionierte, wodurch nur einige Regale beleuchtet wurden. Hinter uns fiel die Tür ins Schloss und Field versicherte sich, dass niemand uns gefolgt war. Dann begann er endlich, mit uns zu sprechen: »Verstehen sie eigentlich, was der Todesfall Singwad für meine Karriere bedeutet? Was es heißt, wenn zwei Amateurdetektive versuchen, meine Fälle zu lösen und dann auch noch mehr Erfolg dabei haben, als das eigens unter meiner Leitung dafür zusammengestellte Team? Was mache ich mir vor, ihnen beiden ist es vollkommen egal, welche Auswirkungen ihre Spielchen auf andere Menschen haben, ihnen geht es nur um das verdammte Rätsel. Ich habe die Nase voll, Mr Stucky!« Ich hatte nicht erwartet, dass Field zu derartigen Wutausbrüchen fähig ist und war dementsprechend erstaunt. Ich antwortete: »Entschuldigen Sie, Inspector. Es war nicht unsere Absicht…« Foster hingegen schien sich nicht gefallen lassen zu wollen, was Field uns gerade vorgeworfen hatte: »Inspector Field, erstens sind wir beide Partner. Wenn sie also einen Sündenbock für ihre stagnierenden Berufsaussichten adressieren wollen, dann schließen sie auch mich ein. Zweitens war es doch mehr als offensichtlich, dass ihre Ermittlungseinheit bisher nichts, aber auch gar nichts erreicht hat! Und ja, uns mag es vielleicht nur um den Fall gehen, aber im Gegensatz zu ihnen, mein lieber Field, erreichen wir dabei wenigstens etwas!« Bevor Foster sich weiter in Rage reden konnte, schaltete sich

North ein: »Meine Herren, bitte. Ein wenig Professionalität wäre wohl nicht zu viel verlangt!« Field und Foster stimmten North nickend zu und die Gemüter schienen sich ein wenig zu beruhigen. Ich begann, uns zu erklären: »Es war nicht unsere Absicht, ihren Ruf zu schädigen, Inspector Field. Wir verstehen jedoch, dass ihnen ab einem bestimmten Punkt die Hände gebunden sind und sie deshalb in einem derart brisanten Fall vorsichtiger agieren müssen als wir.« Inspector Field nickte erneut und fragte dann: »Wie sind sie überhaupt auf diese Produktionsstätte gekommen?« - »Eine uns leider nicht namentlich bekannte Dame…«, log ich, um die Gefahr etwaiger Rückfragen von Ms Porter, die uns explizit darum gebeten hatte, sie aus der Sache herauszuhalten, fernzuhalten, »… hat uns einen Zettel zugespielt, den wohl Ms Wallace verfasst und am Tage der Entführung aus dem fahrenden Wagen geworfen hatte. Zumindest vermuten wir, dass es so war, denn mit Ms Wallace ließen uns ihre Kollegen bisher nicht sprechen.« Field hatte verstanden und erwiderte entnervt: »Ja, ja, Mr Stucky. Sie und ihre Kollegen werden später ausreichend Zeit gewährt bekommen, um mit beiden Damen zu sprechen. Aber zurück zu meiner Frage: Weshalb genau dieses Gebäude?« - »Nun, auf dem eben genannten Zettel hatte Ms Wallace geistesgegenwärtig festgehalten, in welche Richtung das Automobil sie brachte.« Inspector Field sah mich abschätzend an. »Chigwell?« - »Richtig.

Da ihre Kollegen jedoch passierende Fahrzeuge auf den Straßen hinter Chigwell seit dem Anschlag auf *British Oil* verstärkt kontrolliert, schien Chigwell oder einer der Vororte am wahrscheinlichsten Ziel der Umsiedlung zu sein. Und was würde sich besser zur Unterbringung zweier Entführungsopfer eignen, als ein abgelegenes und zugleich seit Jahren verlassenes Industriegebiet, dessen Eigentümer sich seit Jahren nicht mehr darum kümmern? Ich bin mir übrigens sicher, dass ein Blick auf die Personalakten dieser Einrichtung zeigen werden, dass ein gewisser Dylan Reeves hier angestellt oder sogar in erhöhter Position tätig war.« Nun wirkte auch Foster gehörig erstaunt. Ich erklärte: »Mrs Reeves hatte eingangs erwähnt, dass ihr Mann Besitzer einer kleinen Schuhfabrik außerhalb Londons war. Ich bin überzeugt, dass er sich nach dem unvermeidlichen Bankrott dieser Firma hier selbstständig gemacht hat, die Räumlichkeiten dieses Gebäudes jedoch weiterhin für Zwecke des Kultes zur Verfügung stellte, dem er angehört.« Zu Field gerichtet fuhr ich fort: »Sind sie im Bilde, was die Vereinigung, die hinter Singwads Mord und einigen weiteren Schandtaten steht, angeht?« - »Nicht wirklich, aber ihre Erzählung scheint mit dem übereinzustimmen, was sie hinter sich gesehen hätten, wenn die entsprechenden Lampen funktionieren würden.« Er zeigte mit seiner Taschenlampe auf etwas hinter uns, das wie ein Rednerpult aussah. Vor dem Pult standen etwa dreißig Stühle in Reihen aufgestellt. Hier also fanden die geheimen Treffen statt, die diese geheimnisvolle Vereinigung abhielt. Ich sah etwas, das ich zu erkennen glaubte, weshalb ich Field anwies: »Leuchten sie bitte noch einmal das Rednerpult an.« Er tat wie ihm geheißen. Auf dem Pult lag ein Buch, dessen Einband mir unheimlich vertraut vorkam. Ich nahm es in die Hand und war mir sofort sicher, dass mich nicht geirrt hatte. Ich sagte: »Meine Herren, mir wird gerade so einiges klar.« Weder Foster, noch Field, geschweige denn North, verstanden, worauf ich hinauswollte. »Sie müssen schon entschuldigen, aber ich denke, keiner von uns kann ihnen noch folgen, Edmund.«, sagte Foster. Ich lächelte und sagte: »Keine Angst, mein Bester. Sie werden schon sehr bald verstehen.«

Wir ließen uns einige Tage Zeit, um unsere Vermutungen ausreichend zu untermauern, trugen eine beachtliche Menge an Beweisstücken zusammen. Ich sprach mit den beiden Damen, diesmal mit ausdrücklicher Erlaubnis Inspector Fields, während Foster sich in der Universität umhörte. Da keine der beiden Frauen Mr Reeves kannte, war es ihnen nicht möglich, ihn einwandfrei zu identifizieren. Zumal die Person, die wir für Reeves hielten, lediglich mit übergezogener Maske und vorgehaltener Pistole in den kleinen Kellerraum eingetreten war und somit selbst ein genauerer Blick keine Rückschlüsse auf seine Identität zugelassen hätten. Mrs Singwad zumindest war sich sicher, dass die Person immer stark gehumpelt habe. Als ich die beiden fragte, was genau am Abend ihrer Rettung vorgefallen war, meinte Ms Wallace: »Wie die Tage zuvor hatte man uns zwei Mahlzeiten und ein wenig Wasser vorgesetzt und jeweils sichergestellt, dass weder ich noch Prajna Anstalten machten, uns zu befreien. An diesem Tag aber kam unser Aufseher zu ungewohnter Zeit, um nach uns zu sehen. Er murmelte dabei vor sich hin, dass er von einem der Fenster aus jemanden gesehen hätte, der versuchte, ihn ›nach all der harten Arbeit einfach festzunehmen‹ und wies uns an, sofort mitzukommen. Dabei machte er den Fehler, mir den Rücken zuzuwenden, was mir ausreichend Zeit verschaffte, eine Eisenstange zur Hand zu nehmen, die wir einige Tage zuvor unbemerkt aus einem der Tische montieren konnte, und ihm damit auf den Schädel zu schlagen. Er ging bewusstlos zu Boden und ermöglichte uns so eine recht komfortable Flucht, zumindest wirkte es kurz so. Denn gerade, als ich ihm seinen Schlüsselbund entwenden wollte, kam er zu sich. Entgegen unserer Befürchtungen rappelte er sich nur auf und rannte. Den Rest der Geschichte kennen sie ja.« Ich wusste, dass ich mir die Gestalt am Fenster nicht einfach nur eingebildet haben konnte. »Aber dann war da noch etwas…« Ms Wallace zögerte, doch Singwads Witwe sprach weiter: »In unregelmäßigen Abständen kamen einige Menschen an unserem improvisierten Verließ vorbei. Dann hörten wir sie stundenlang diskutieren, immer wieder sprachen sie von der Tötung des größten Feindes…«, Mrs Singwad verfiel in ein heftiges Schluchzen, »… ich habe die Polizisten gebeten, mich nach Hause zu meinem Mann zu bringen, aber niemand will mich dorthin lassen. Niemand will mir sagen, was hier vor sich geht und wo Sudhir ist. Bitte, Mr Stucky, sprechen sie mit Inspector Field und sagen sie ihm, dass ich mit meinem Mann sprechen muss!« Es fiel mir unheimlich schwer, ihr vom Tod ihres Mannes zu berichten, da die Situation sicherlich ohnehin schon schwer genug war: »Mrs Singwad, es tut mir leid… aber das wird leider nicht möglich sein. Ihr Mann ist das Opfer eines Mordes geworden.« Sie sah mich einige Augenblicke lang mit einem Blick an, der durchdringender nicht hätte sein können und brach dann in noch lauteres Schluchzen aus. Unfähig, ihr zu helfen, bat ich die ebenfalls vollkommen vor Schreck erstarrte Ms Wallace, sich um die junge Witwe zu kümmern. Bevor ich das Krankenzimmer verließ, flüsterte sie mir zu: »Sie schafft es, machen sie sich keine Sorgen.«

Ich hatte Field gebeten, alle Beteiligten in die indische Botschaft einzuladen. Sollte jemand versuchen, und dabei dachte ich vor allem an Professor Moore, sich der Einladung zu entziehen, sollte Inspector Field anmerken, dass es sich zwar um eine freiwillige Veranstaltung handle, er jedoch sehr wohl im Stande ist, das Treffen auch im Yard abzuhalten. Ich nahm an, dass niemand sich verdächtiger machen wollte, als er ohnehin schon zu sein annehmen musste. Wie erwartet versammelten sich alle direkt in den Fall involvierten Personen am Freitag der darauffolgenden Woche im Büro des verstorbenen Diplomaten. Mrs Reeves, die bezüglich der bisherigen Vorfälle nur in beschränktem Maße informiert worden war, Ms Wallace und Mrs Singwad, die mithilfe ihrer neu gewonnenen Freundin scheinbar gut über den Tod ihres Mannes hinweggekommen war. Professor Moore, dessen grimmiger Gesichtsausdruck von einer hämischen Fratze durchbrochen wurde, als ich zu Field stieß. North und Foster, die sich neben den mächtigen Eichenholzschreibtisch gesetzt hatten, um einen guten Überblick zu behalten. Eines jedoch hatten sie alle gemeinsam: Ein Ausdruck gespannter Erwartung lag in der Luft. Ich schloss die Bürotür und stellte mich dann, für jeden gut sichtbar, vor den Schreibtisch und begann, zu sprechen:

»Meine Damen und Herren, ich danke jedem Einzelnen von ihnen, dass sie sich heute Abend die Zeit genommen haben, unserer kleinen Runde beizuwohnen. Sie alle waren die letzten Wochen über in irgendeiner Weise an den Ermittlungen dieses Falles beteiligt und sie alle wissen, welch traurige Entwicklung Konsequenz dieser Ermittlungen war. Wie ihnen sicher mitgeteilt wurde, ist Sinn und Zweck unserer heutigen Zusammenkunft die endgültige Klärung der Umstände im Falle des Raubes des Kolliers der sieben Blutmonde, der Entführung des Fabrikbesitzers Dylan Reeves, sowie der beiden Damen Ms Wallace und Singwad. Am allerwichtigsten jedoch ist die Klärung der Umstände, welche zur Tötung des indischen Diplomaten, Mr Sudhir Singwad, geführt haben. Zu Beginn möchte ich ihnen jemanden vorstellen, der zumindest zweien unter ihnen bekannt sein dürfte.« Ich ging zur Tür und bat zwei der Männer herein, die Field abgestellt hatte, um mögliche Fluchtversuche zu vereiteln. Sie führten zwischen sich einen dritten Mann in den Raum, dessen Gang durch seine Beinverletzung beschwerlich und humpelnd ausfiel. Mrs Reeves begann laut zu Jauchzen, als sie ihn erkannte: »Mr Stucky, sie haben ihn gefunden!« Ich entgegnete: »Eigentlich hat er mich gefunden.« Sie sah mich verdutzt an, während Moore verächtlich schnaubte. Ich begann zu erklären: »Das hier, meine Damen und Herren, ist Mr Dylan Reeves, Ehegatte unserer Auftraggeberin Mrs Reeves. Ms Wallace, Mrs Singwad, auch ihnen dürfte er nicht gänzlich unbekannt sein.« - »Ist das… der Mann, der uns in der Schuhfabrik festgehalten hat?«, fragte Ms Wallace. Ich sah Mr Reeves an. Er nickte beschämt. »Dylan! Du hast… Ms Wallace entführt?«, rief seine Gattin. Ich antwortete für ihn: »Nein, an der Entführung selbst war ihr Ehemann nicht beteiligt. Die Bewachung der Entführten jedoch lag in seiner Hand. Was die Entführung angeht, wird ihnen Professor Moore weiterhelfen können.« - »Wie können sie es wagen!«, rief Moore erzürnt. Ich fuhr fort: »Aber dazu kommen wir in einem Moment. Zuerst möchte ich berichten, wie es dazu kam, dass Mr Reeves heute hier ist. Am Abend der Befreiung der beiden Damen in der stillgelegten Schuhfabrik telefonierte ich mit sämtlichen Krankenhäusern der Umgebung, um den humpelnden Zeitgenossen ausfindig zu machen, den ich seither für Mr Reeves hielt, was nicht zuletzt an seiner Unvorsichtigkeit lag, seine Krankenhausmontur mitsamt des angehängten Patientenausweises dort zurückzulassen. Diese Bemühungen wurden natürlich, wie bereits im Vorfeld erwartet, nicht mit besonderem Erfolg belohnt, da zu erwarten war, dass ein Mann, der Wochen ohne ärztliche Behandlung überlebt hatte, nur im äußersten Notfall zur Einweisung in ein Krankenhaus greifen würde. Schließlich wäre so sicher, dass man ihn binnen kürzester Zeit identifizieren und einsperren würde. Reeves, der bei der Flucht eine beachtliche Menge Blut verloren haben muss, hatte folglich nicht viele Möglichkeiten, seine Wunde versorgen zu lassen. Ich erkundigte mich, ob ein Arzt oder ein Krankenpfleger in seinem Bekanntenkreis zu finden war und hatte Glück: seine Cousine war bis vor wenigen Jahren Schwester im *British Mercy*, bevor sie einen Berufswechsel gewagt hat. Ich nahm also Kontakt zu ihr auf, natürlich unter einem Vorwand, sodass sie Reeves nicht vorzeitig informieren würde und schaffte es tatsächlich, sie zu überzeugen, mich zu informieren, sobald ihr Cousin sie kontaktieren würde. Noch bevor ich jedoch von ihr angerufen wurde, tauchte Mr Reeves an meiner Haustüre auf. Offenbar hatte seine Cousine beiläufig erwähnt, dass sich jemand nach ihm erkundigt hatte und aus Angst, es hätte einer der Bekannten aus dem Clan sein können, der Vergeltung wegen der verpatzten Bewachung der beiden Damen suchte, beschloss er, sich zu stellen. Da ihm jedoch klar war, dass seine ehemaligen Freunde überall und damit auch im Yard zu finden waren, wandte er sich an mich, in der Hoffnung, ich würde einen vertrauenswürdigen Inspector kennen, der ihn beschützen könnte.« Mrs Reeves hatte begonnen, bitterlich zu weinen. Ich merkte an: »Eines jedoch muss man ihrem Mann zugutehalten, Mrs Reeves. Ihr Mann wurde angeschossen, weil er sie am Tage des Überfalls entgegen des Plans aus ihrem Geschäft locken wollte. Dass die beiden Räuber dabei dermaßen erschraken, dass sie im Reflex auf ihn schossen, konnte er dabei nicht voraussehen.« Reeves sah mich kurz dankend an, dann wies ich auf einen Stuhl neben Field, der bereits Handschellen bereithielt und er senkte den Kopf, sodass er den Boden anstarrte und seiner weinenden Frau nicht in die Augen sehen musste. »Professor Moore, kommen wir zu ihnen.« Moores Augen weiteten sich. »Kennen sie dieses Buch?« Ich zeigte ihm das Buch, das ich auf dem Rednerpult im Lagerraum der verlassenen Schuhfabrik gefunden hatte. Angst machte sich auf seinem Gesicht breit: »N... Nein.« - »Seltsamerweise handelt es sich dabei aber um eben jenes Buch, das sie am Tage der Ermordung Singwads in der Hand hielten und lasen, als ich sie aufsuchte. Ein überaus interessanter Zufall, nicht wahr?« Er antwortete grimmig: »Ich weiß nicht, wovon sie da reden, Stucky. Sie verschwenden hier unsere Zeit.« - »Sehen Sie, ich habe erwartet, dass sie so reagieren werden. Deshalb habe ich mit dem Verfasser des Bandes mit dem Titel *Fortgeschrittene indische Theologie* gesprochen, welcher meinte, dass von eben jener Ausgabe lediglich fünf Exemplare im Umlauf seien, nämlich die Ausgaben, die der zuständige Lektor, Setzer und drei seiner Kollegen erhalten hätten. Und einer dieser Kollegen sind, oh Wunder, Sie, mein verehrtester Professor.« Professor Moore hatte begonnen, zu stottern: »Ich... kann das erklären. Das Buch... Ich hatte es verliehen...« Verständnisvoll nickend antwortete ich: »Das mag durchaus sein, nur irritieren mich dann die Anmerkungen, mit denen sie einige Absätze kommentiert haben. Ich darf aus der nachweislich von ihnen, an dieser Stelle möchte ich übrigens ihren Kollegen Professor Reichs erwähnen, handschriftlich im Kapitel *Der Baagh-Clan* hinterlassenen Notiz zitieren: ›Unser Geschlecht geht hervor aus der Gemeinschaft der edelsten Männer, die Nordindien kannte. Baagh, der Tiger, gilt seit jeher als das Symbol der Stärke, Kraft und des Edelmuts, den die Ritter der Sache an den Tag legten.‹« Der bärtige Mann sah mich mit wütend funkelnden Augen an und raunzte: »Diese Notiz beweist gar nichts! Ich bin Teil einer Religionsgemeinschaft, deren Wurzeln in der Baagh-Bewegung liegen. Soweit ich informiert bin, herrscht in Großbritannien Religionsfreiheit, richtig? Zumal es ihnen schwerfallen wird, zu beweisen, dass ich diesen Lagerraum je betreten habe.« Foster trat hervor, öffnete sein rotes Notizbuch und sagte: »An dieser Stelle kann ich vielleicht einige Fragen klären. Wenn sie so nett wären…« Moore antwortete: »Nur zu.« Foster lächelte zufrieden und fuhr fort: »Von Anfang an habe ich mich gefragt, welche Rolle der Brief mit den verschlüsselten Botschaften spielte. Mir war nicht klar, wie der Absender davon ausgehen konnte, dass Singwad ob der Drohung, die der Brief beinhaltete, diesen auf eine Botschaft untersuchen würde, weshalb ich mich kundig machte, auf welchem Wege die Briefe überhaupt in Singwads Hände gelangten; zuerst war ich nicht sicher, wer überhaupt Adressat der Nachrichten war, denn der Name des Diplomaten wird explizit nur in zwei der insgesamt sieben Briefe genannt. Im Laufe meiner Nachforschungen stieß ich auf eine interessante Entdeckung - Zufällig hielt ich das Briefpapier nämlich unter das Licht meiner Schreibtischlampe, woraufhin im oberen Drittel des Papiers feine Linien zu erkennen waren. Mr Field, wären sie so nett?« Field stand, ein wenig verunsichert, auf und kam heran. Foster gab ihm den betroffenen Brief und zeigte auf den oberen Part des Papiers. Field hielt es unter die Lampe auf dem Schreibtisch des toten Diplomaten, die Foster nun anschaltete. Inspector Field rief erstaunt aus: »Mit herzlichen Grüßen, Professor Dr. William Moore.« Moore hatte inzwischen das Gesicht in seinen Händen vergraben. »Professor Moore, das sieht mir doch ganz nach ihrer Unterschrift aus, nicht wahr? Sie haben an alles gedacht, nur nicht daran, dass der Druck ihres Stiftes bei Unterzeichnung eines anderen Dokuments ausreicht, um Spuren auf dem darunterliegenden zu hinterlassen.« Da niemand sonst die Frage zu stellen schien, meldete sich Ms Wallace zu Wort: »Warum aber sollte Professor Moore eine Nachricht an meinen Schwager schreiben?« Foster lächelte: »Ganz einfach: Moore ging die Sache ein wenig intelligenter an, als wir zuerst annahmen. Er ließ die Nachrichten an Singwad von einer Person seiner Bruderschaft schreiben. Bis auf diesen einen Brief stammen sie alle aus der Hand eines männlichen Verfassers, dieser hier wurde jedoch von einer Frau niedergeschrieben, wie uns Professor Reichs bereits vor Wochen bestätigte. Der fragliche Brief war keineswegs für die Augen ihres Schwagers, den Diplomaten, bestimmt, sondern sollte Mr Bray, einen seiner Leibwächter, erreichen. Professor Moore hatte nämlich bereits im Vorfeld veranlasst, dass Bray für die Öffnung und Überprüfung sämtlicher eintreffender Post zuständig war. Ich nehme an, dass er sich so die Möglichkeit zusicherte, Bray auf diesem Wege nicht nur Nachrichten zukommen zu lassen, sondern im Falle eines Falles auch Gegenstände, die in der Eingangskontrolle zweifelsohne aufgefallen wären. Was sich mir nur nicht erschließt, ist der Zweck der versteckten Nachricht und der Grund für die Wahl einer neuen Verfasserin für nur diese eine Nachricht.« Alle sahen Moore an, der sein Schicksal inzwischen überraschend gut verarbeitet zu haben schien. Er sah auf und sagte hoffnungslos: »Es spielt ohnehin keine Rolle mehr, warum also sollte ich es ihnen länger verschweigen. Mr Bray, wie sie ihn nennen, wurde vor wenigen Monaten als Leibwächter in die Botschaft eingeschleust. Zunächst ging es lediglich darum, Mr Singwad zu beobachten, der seit Jahren seine Stellung nutzte, einen erbitterten Kampf gegen unsere Gemeinschaft zu führen. Je näher er die Organisationsstruktur unserer Verwaltung kennenlernte, desto gefährlicher wurde er jedoch. Zwar hielt er mich regelmäßig auf dem Laufenden, da er in mir einen Verbündeten sah, doch konnte ich mir in dieser Sache keine Unvorsichtigkeit erlauben. Vor wenigen Wochen dann schien er erdrückende Beweise für meine Mitschuld gefunden zu haben - einer seiner Kontaktmänner hatte wohl den Standort des Kolliers erfahren, als er einigen meiner weniger vorsichtigen Glaubensbrüdern gefolgt war. Aus dieser Zeit stammt auch der Brief, den sie in Händen halten. Dummerweise hatte niemand die Zeit, das Kollier nach dem Raub ausreichend sorgfältig zu verwahren, sodass ich mir nicht anders zu helfen wusste, als das Stück, dessen Besitz der mitunter stärkste Beweis für meine Legitimation als geistiger Führer der Gemeinschaft des Tigers gewesen wäre, in meiner Privatwohnung aufzubewahren. Lassen sie sich versichert sein, dass die zuständigen Mitglieder ihre Fehler wohl oder übel zu bereuen hatten.« Ein bösartiges Lächeln umspielte seine Lippen. North fragte erstaunt: »Wenn das Kollier so wichtig für sie war, warum nutzten sie es dann als Mordwaffe und ließen es zunächst zurück?« - »Eine durchaus berechtigte Frage. Ich darf sie zunächst darauf aufmerksam machen, dass nicht ich den guten Singwad getötet habe, sondern der Mann, den sie als Mr Bray kennen. Singwads Kontakt hatte sich Zugang zu meinen privaten Räumlichkeiten verschafft und das Kollier an sich genommen, um es Singwad als finalen Beweis für meine Beteiligung zu liefern. Der Dieb machte allerdings den schwerwiegenden Fehler, sich bei der Entwendung meines Besitztums erwischen zu lassen. Bevor meine Männer sich jedoch um ihn kümmern konnten, entfloh er in Richtung der Botschaft. Ich zählte Eins und Eins zusammen und sorgte dafür, dass Bray sich um die Sache kümmerte. Nur fehlte mir die Zeit, Bray auf angenehmerem Wege meine Nachricht zukommen zu lassen, ohne, dass einer der anderen Mitarbeiter Brays Verdacht schöpfte und ich in Verdacht geriet. Ich sah mich gezwungen, den Kanal, welchen ich mir, wie Mr Foster schon ganz richtig erkannt hat, für den Fall einer dringenden Notwendigkeit offenhielt, zur Benachrichtigung Brays zu nutzen. Ich ließ eine etwas übereifrige Studentin unter anderem den Text dieses und desjenigen Briefes, welcher den endgültigen Befehl zur Tötung Singwads enthielt, unter dem Vorwand abschreiben, es gehe dabei um eine Überraschung für einen guten Freund. Damit diese keinen Verdacht schöpfte, sah ich mich gezwungen, die Texte ein wenig schwammig zu halten, verzeihen sie mir also diese literarischen Debakel. Wie sie zweifelsfrei herausfinden werden, sobald sie mein Büro durchsuchen, hat eben jene Studentin nicht nur diese eine Nachricht verfasst, die durch einen unglücklichen Zufall zuerst in den Besitz des Diplomaten und infolgedessen dann in die ihrigen gelangt sein müssen, sondern auch eine ganze Reihe weiterer Schreiben, die nicht nur Singwad, sondern auch dutzende andere erreichen sollten. Nun, ich sorgte jedenfalls dafür, dass Bray diese letzte Nachricht zeitnah per Kurier erhielt und sich an die Ausführung meines Befehls machen konnte, bevor Singwad alles zunichtemachte, wofür meine Männer und ich so lange kämpfen mussten. Dabei kam es jedoch zu einem unerfreulichen Zwischenfall, sodass nicht die vorbereitete Chemikalie Mr Singwad einen plötzlichen und natürlich wirkenden Tod brachte, sondern in einem erbitterten Kampf das schöne Schmuckstück seine Mitwirkung fand. Dies alles verlief nicht in meinem Sinne, meine Herren.« Ein bedrücktes Schweigen folgte Moores Worten.

Die Verhaftung zahlreicher Mitglieder des Scotland Yards und einiger hochrangiger Regierungsmitarbeiter schlug noch deutlich größerer Wellen in den Medien, als es schon die Tötung Singwads getan hatte. Über Wochen hinweg füllten Bilder von Verhaftungen aus ganz Britannien die Titelseiten der Zeitungen und je mehr Zeit verstrich, desto klarer wurden die enormen Ausmaße, die der *Tiger-Clan*, wie die Blätter ihn reißerisch getauft hatten, angenommen hatte. Eine massive Säuberungsaktion in sämtlichen Ämtern sorgte für Aufruhr unter den Bürgern des Landes. Inspector Field wurde kurz darauf zum Chief Inspector befördert, um die Medien zu besänftigen. Er nämlich wurde als Held gefeiert; »Ein Mann allein gegen Korruption«, schrieb man. Auch wir blieben vom regen Medieninteresse nicht verschont. Bereits am Tag nach der Festnahme Moores belagerte man unser dreier Häuser, sodass es fast unmöglich war, hinauszugehen, ohne von einer Horde aufgeregter Journalisten ins Kreuzverhör genommen zu werden. Es dauerte lange, bis sich die Aufregung gelegt hatte. Foster, North und ich trafen uns in einem abgelegenen Café außerhalb Londons. North, dessen Augenringe die meinigen spielend schlugen, erzählte erschöpft: »Ich kann ihnen gar nicht sagen, wie sehr ich die Arbeit mit ihnen beiden bereue.« Dabei begann er zu lachen. »Heute Morgen erst hat der letzte Reporter sein Lager vor meinem Haus abgebaut!« Foster fragte North zurückhaltend: »Hättest du Interesse daran, auch in Zukunft mit uns zusammenzuarbeiten?« North schüttelte, noch immer schallend lachend, den Kopf: »Nein, wirklich nicht. Es tut mir leid George, aber Mr Stucky und du sorgen hiermit ja bei Weitem nicht das erste Mal für ein gehöriges Maß an Unruhe. Der letzte Monat war interessant und eine nette Ablenkung von der drohenden Arbeitslosigkeit, aber jetzt, da die indische Botschaft neu besetzt werden wird, kehre ich lieber zu meinem gemütlichen und völlig ungefährlichen Pförtnerposten zurück. Ich brauche meinen Schlaf, mein Freund.«